KB273793

나의 부엌

나의 부엌

히라마쓰 요코

나의 부엌

조찬희 옮김

바다출판사

차 례

만족을 알다

양철 쌀통

"집은 비가 새지 않을 정도, 식사는 굶지 않을 정도면 족하다."

리큐利休[*]의 가르침이다. 집이 어떻든 비이슬만 피할 수 있으면 그만이다. 굶지 않을 수 있다면 그걸로 충분하다.

이 말에 어떤 이견이 있을 수 있으랴. 벌써 25년 넘게 쓰고 있는 양철 쌀통을 열 때마다 나는 '지족知足', 즉 '만족을 알다'라는 말을 떠올린다. 그도 그럴 것이 뚜껑을 열면 쌀의 양이 일목요연하다. 내 주린 배를 채워 줄 이만큼의 쌀이 바로 지금 이 안에 있다. 이 이상 어떤 호사를 말하랴. 이를테면, '아직 굶지 않아도 돼요. 가슴 쓸어내리셔도 돼요'라는 증거이기도 하다.

---

[*] 일본의 다도를 완성한 인물. 오다 노부나가와 도요토미 히데요시의 다도 스승이었다. 도요토미의 신뢰를 받았으나 고언을 하다 미움을 사 할복을 명받고 죽었다.

잊으려야 잊을 수 없는 게, 이 양철 쌀통은 우리 아이가 태어날 즈음 들인 주방용품 중 하나다. 쌀통을 들인다는 것이야말로 내 살림의 토대를 완성하고야 말겠다는 절박한 바람과 각오의 반영이 아닐까. 20대 중반, 물렁하고 못 미더운 살림 솜씨였어도 '우리 집 쌀통'이 생기고 나니, 급한 대로 살림 한구석에 믿음직스러운 닻을 내린 것 같아 안심이 되었다.

양철이 좋았다. 그 이유도 확실히 기억한다. 가볍고 녹슬지 않으며 튼튼하다. 붙임성이나 애교 따위 전혀 없다. 모든 군더더기를 깎아 낸 심플한 통이라는 점이 좋았다. 그 무렵 백화점에 나돌기 시작한 플라스틱 자동계량 쌀통 같은 건 가당치 않았다. 어찌되었든 한 집안의 닻이 아닌가. 그 닻에 과한 장치 따위는 필요 없다. 요술방망이처럼 버튼 하나로 쌀이 흘러넘친다고 착각하게 만드는 그 구조가 천성에 맞지 않았다. 없으면 없고, 있으면 있는 것이다. 뚜껑을 열면 정확히 알 수 있다. 보이는 만큼의 쌀을 감사하게 퍼 올려서 오늘의 양식으로 삼는다는 점이 좋았다.

그렇게 어깨에 힘이 들어가 있었던 25년 전부터 쭉 이 양철 쌀통을 사용해 왔다. 쌀 씻기 바로 전, 소쿠리를 한 손에 들고 쌀통 뚜껑을 비켜 연다. 계량컵을 쌀 안에 푹 찔러 넣고 평평하게 깎아 두 번, 세 번. 그러고 나서 수도꼭지를 비틀어 쌀을 석석 씻는다. 십 년을 하루같이 당연하다는 듯 반복할 수 있었던 건 새삼스럽지만 행복한 일이다.

오늘날은 꼭 쌀이 아니더라도 파스타와 빵처럼 주식으로 삼을 음식이 많지만, 아무리 그래도 쌀통 바닥이 보이면 마음 한편이 적적해진다. 안 그래도 바람 불면 날아갈 듯 가벼운 양철인데, 쌀이 줄면 더욱 처량해 보여서 그걸 보는 나 또한 맥이 풀린다. 바로 이럴 때다. 쌀통 안에 든 쌀알 한 톨 한 톨이 내 살림을 지탱해 주는구나, 깨닫는 때가.

새 쌀 한 포대를 사 와서 포대를 끌어안고 입을 벌려 쌀을 쌀통에 쏴아 붓는 때가 무척 좋다. 쌀이 양철에 부딪히며 마른 소리를 내면 그 소리가 또 그렇게 좋다. 내 스물다섯 해, 수백 번을 반복해 온 소소한 집안일이지만, 그때마다 내 살림의 대들보를 확인하는 것 같은 기분이 든다.

조림의 시간

책상 앞에 앉아 보기는 했지만, 굴러가야 할 머리가 전혀 굴러가지 않아서 아침부터 욕조에 들어앉아 있다. 뜨거운 물에 몸이라도 담그면 하다못해 세포 하나라도 깨어나 주지 않을까. 얕은 기대를 품고 뜨거운 물에 몸을 담가 보는 것이다.

그렇게 욕조에서 나오면 자동으로 책상 앞에 다시 가 앉아야 하는데, 이 사소한 노력이 제 의미를 달성하지 못했다는 것을 깨달은 나는 느닷없이 부아가 치밀어 오른다. 결국에는 책상으로 가다 말고 부엌으로 빠진다.

딱히 볼일이 있는 것도 아닌데 달리 들를 곳이 떠오르지 않아 일단 부엌에 서서 한 바퀴 휘 둘러본다. 뭐 먹을 것 없나. 그러면, 발밑 채소 상자에서 토란과 교토 당근이 굴러다니고 있다. 그 순간 채소 더미에 눈을 고정시킨다. 머릿속 신호가 깜빡깜빡 점멸한다. 그래, 그거야. 분명 냉장고 안에 유부가 있을 텐데. 그것도 이틀 전 교토에서 올라온 유부가!

이렇게 해서 나는 채소조림을 만든다. 절묘한 도피처를 구하자마자 그 길로 채소조림 만들기에 힘을 쏟아붓는다. 아, 살 것 같아. 마치 다시 태어난 것 같은 기분이야. 나중에 더 큰 괴로움이 찾아오리라는 걸 알지만, 이 순간만큼은 아무래도 상관없다.

이런 이유 때문만은 아니지만, 채소는 되도록 냉장고 안에 오래 두고 싶지 않다. 뿌리채소는 더더욱 그렇다. 텃밭에서 방금 캐 왔습니다, 라는 모습으로 부엌 어딘가에 데굴데굴 굴러다니게 두고 싶다. 가끔은 신문지에 돌돌 말아서.

우리 집 마루에는 에도시대 돌 접시가 무심하게 놓여 있는데, 감자든 당근이든 고구마든 사 오는 족족 이 접시에 데구루루 넣어 둔다. 부엌에 있다 보면 아무 때고 눈에 밟히는데, 그럴 때마다 무심결에 고민하게 된다. 이 토란으로 뭘 해 먹을까. 아직 껍질이 신선하고 팽팽할 때 빨리 먹어야 하는데. 그러다가 뜬금없이 좋은 생각이 떠오른다. 백 년 넘는 세월 동안 서민의 반찬을 담아 온 이 낡은 접시의 무심한 모양이 얼마나 좋은지. 오랜 세월 동안 조림요리를 듬뿍 담아 왔을 이 접시가 끝내 우리 집으로 오다니, 이 얼마나 재미있나!

현실 도피의 시간 동안 조림 요리를 만들면 꼭 맛이 잘

든다. 걸쭉하니 진한 맛을 낸다. 부드러운 건더기는 포슬포슬 부드럽고, 딱딱한 건더기는 아삭한 식감이 살아 있다. 그럼에도 모든 채소가 섬유 한 올까지 깊은 감칠맛을 머금은 완벽한 조림이 완성된다. 할 때마다 그렇다. 왜일까.

아마도 시간의 흐름에 몸을 내던졌기 때문이리라. 국물에 잠긴 채소가 익어 가는 시간의 흐름을 따라가다 보면, 내 기분도 느긋하고 노곤해진다.

상상 이상으로 만족스러운 한 접시가 완성되고 비로소 방긋 웃는다. 자, 이제 도망칠 길은 막혀 버렸다.

채소를 꽃꽂이하다

시작은 실패였다.

"자, 오늘 특별히 쌉니다. 이럴 때 잔뜩 사 가세요. 전골거리로 하면 눈 깜빡할 새 다 먹어요."

단골 채소가게 아저씨가 부추기는 통에 무슨 배짱인지 '좋았어!' 하고, 배추, 소송채, 당근에다가 큰 실파 한 다발까지 자전거 바구니에 쑤셔 넣었다.

하지만 집에 돌아오자마자 그 호기로웠던 마법이 풀리면서 망연자실하고 만다. 이 많은 걸 다 어쩌지. 넣어 둘 곳이 없어. 냉장고 안에도, 채소 소쿠리 안에도 빈 공간이 없다. 들뜬 마음에 덜컥 사 버린 내 잘못이야.

바로 그때다. 머릿속 전구에 불이 켜지는 순간이란 이런 때를 말하는 건가 보다. 탁 하고 스위치가 켜지더니 불현듯 이런 생각이 들었다.

꽃병에 꽂자!

우리 집에서 가장 큰 꽃병은 옛날에 전병을 보관할 때 많이 쓰던 그 큰 유리병이다. 꽤 오래전 중고잡화점에서 구입한 것이다. "아줌마, 간장 맛이랑 설탕 맛 다섯 개씩 주세요." "그래, 그래." 은색 뚜껑을 펑 하고 열어서 유리병 안에 깊숙이 손을 넣어 전병을 꺼내 주셨지. 어린 시절, 가게 앞에 서서 올려다볼 때는 한없이 커 보였던 유리병인데 지금 이렇게 실파를 꽂아 둘 줄이야.

하지만 그 모습이 꽤나 근사하다. 실파가 빼곡히 우뚝 솟아 있다. 뾰족한 녹색 끝이 천장을 뚫고 하늘로 올라가려는 것처럼 느껴진다. '노기충천하다'라는 관용구까지 떠올라 키득키득 웃음이 나올 정도다. 아무튼 예기치 못한 곳에서 마주친 야생의 강인함에 멈칫하고 말았다.

아마도, 이런 것이다. 늘 도마 위에서나 봐 오던 녀석인데 평소 모습과 전혀 달라서 당황한 나머지 어찌할 바를 모르겠는 마음.

채소를 꽂꽂이하다.

엉뚱한 울림이지만, 이 또한 꽃을 꽂는 것과 일맥상통하는 행위 아닐까. 못 쓰는 잎을 떼어 내고 줄기에 가위질을 한다. 불필요한 모든 걸 떨쳐 버린 한 떨기 채소에는, 들바람이 불면 부는 대로 제 몸을 맡긴 채 하늘거리던 때보다 생명의 근원이 더욱 농밀하게 응축되어 있을 것이다.

그렇게 채소로 꽂꽂이를 하고 싶다고 생각하다 보니,

어느 날 머릿속 전구에 불이 켜졌고 실파가, 고수가, 마늘종이, 양상추가 꽃병 안으로 들어가게 되었다.

밭이나 온실에서 먹으려고 키운 '식물'에게 자리를 만들어 줬더니, 또 하나의 전혀 다른 새 생명을 얻은 것이다.

아무리 그래도 이런 장난, 해도 되나요. 꽃병 속 채소가 한편에서 쓴웃음 지으며 내게 말을 건다.

채소가 꽃병에 들어가 있는 그 풍경이 언뜻 그 자리와 어울리지 않아서 더욱 유머러스하게 느껴진다. 이렇다 할 이유 없는 '익살'을 자아낸다. 나에게는 이 또한 커다란 매력이다. 말하자면 '꽃을 꽂을 때'는 절대로 맛볼 수 없는 특별한 유머인 것이다.

사실, 채소를 꽃병에 꽂아 두고 보는 건 하룻밤이나 이틀이 고작이다. 그 이상 지나면 줄기가 딱딱하게 굳고 이파리가 바깥 공기와 닿으면서 시들기 시작한다.

생명의 기운을 잃은 채소의 모습은 가련해 보이는 건 물론이고, 나 스스로 '먹을 걸 못 쓰게 했다'는 가책까지 느끼게 만든다. 마음이 참 불편하다.

그러나 살짝 고백하자면, 냉장고 안에서 상해 버린 채소를 마지못해 버릴 때보다 죄책감이 훨씬 덜하다. 냉장고 안에서 완전히 잊힌 채 시들어 꼬부라진 채소보다 비참한 게 또 있을까. 그저 장식해 두는 것으로 끝나더라도 일단 눈으로 보며 충분히 맛보았다는 핑계가 생기는 기분이 든다.

한편, 생생한 초록의 아름다움을 보고 즐겼다면, 이제는 미련 없이 단호해져야 한다. 마음 가는 대로 꽃병에서 채소를 뽑아 부엌으로 가져간다. 그다음은 썬다, 볶는다, 삶는다, 무친다……. 그리고 드디어 '맛있어'라고 말할 차례가 다가온다. 한 입 베어 물면 입 안에 주르르 차오르는 채소의 깊은 맛. 이 또한 생명의 형태라는 것을 실감한다.

채소를 꽃병에 꽂을 때는 무엇보다 대범하고 싶다. 마음 가는 대로 무심하게, 즉흥적으로 꽂고 싶다. 먹는 것이라고 머뭇거릴 필요 없다고 생각한다.

한 떨기 꽃의 장점을 마주할 때와 마찬가지로, 채소 한 다발의 생김생김과 마주하다 보면 자연의 조화의 편린이 또렷이 나타나기도 한다.

물을 듬뿍 빨아들여 놀라울 정도로 빨간 뿌리 끝. 줄기 한 가닥 한 가닥 가득한 식물의 힘. 수분을 머금은 두꺼운 잎사귀. 빛에 비추면 또렷하게 보이는 잎맥의 선.

이들 모두 햇빛과 비바람이 키워 낸 생명 그 자체다. 압도적인 아름다움이 지금 내 눈앞에 있다.

살림의 문진

소금 단지

소금은 노토나 프랑스 게항드에서 난 것을 쓴다. 식탁에서 간을 할 때는 그 자리에서 암염을 독독 갈아서 뿌린다. 설탕은 보통 사탕수수를 쓴다. 이 정도가 우리 집 기본 조미료다. 여기에 간장은 교토의 '사와이 간장' 연한 맛으로 정해져 있고, 식초는 마찬가지로 교토에서 온 '지도리스'를 쓴다. 그리고 고치에서 생산한 영귤 식초도 갖고 있다. 오이타의 유자식초도 냉장고에 없으면 안 되겠지. 아, 물만두 먹을 때 중국 진강향초가 없으면 곤란하다. 미림은 최근 10년 동안 아이치 지방의 '산슈미카와 미림'을 써 왔다. 남쁠라น้ำปลา는 태국의 트라 창 브랜드. 고추장은 한국의 순창산産을 쓰고, 닭 육수는 닛폰스프의 맑은 육수를 쓴다. 이 조미료들이 '나의 맛'의 기둥이 되는 면면이다.

이야기를 처음으로 되돌리자. 불 옆에 항상 두고 쓰는

소금과 설탕이 정해진 지 벌써 열 몇 해가 다 되어 간다. 그걸 담는 단지가 정해진 지는…… 손가락을 접어 세어 보니 그럭저럭 10년이 지났다.

아주 오래전, 혼자 살기 시작했을 때부터 지금까지 쭉 써 온 매실절임 단지가 있다. 어디서든 흔히 구할 수 있는 마시코 부근에서 생산되는 도기陶器 단지다. 흑유를 바른 어깨 부근이 매끄럽게 빛나는, 갈색 유약이 주르르 흘러내린 옛날 항아리 모양의 단지다. 맞아, 그랬었지. 갑자기 옛날 일이 떠오른다. 냄비를 얼추 갖추었더니, 이번에는 단지를 여러 개 사고 싶어졌다. 그래서 마땅히 쓸 데도 없는데 부엌 한편에 똑같은 단지를 다섯 개나 죽 늘어놓았다. 내 부엌에 이 병들이 묵직하게 자리 잡고 있어 준다면, 평안과 태평을 유지할 수 있을 거야. 왜인지 그런 기분이 들었다.

부엌 바닥에 듬직하게 자리 잡은 단지는 살림의 누름돌, 문진이다. 소금. 설탕. 된장. 랏교. 매실절임. 누카즈케糠漬け*. 비록 오늘 반찬 중 값나가는 것은 없을지라도, 단지 안에 소금이나 매실절임이 있다면 당장의 끼니는 어떻게든 된다. 이 단지가 토닥토닥 등 두들겨 주면서 기운 내라고 격려해 준다. 하지만 언제부터인가 무겁고 자리를 차지한다는 이유로 그런 단지가 천덕꾸러기로 전락

● 쌀겨에 소금을 섞어 그 안에 채소 등을 넣고 숙성시킨 음식.

했고, 이내 냉장고에 넣어 두기 좋은 플라스틱 용기로 대체되었다. 아, 이제 우리 살림은 불면 날아갈 것 같은 장기판의 말인지도 몰라.

그런 생각을 할 때마다 꼭 뇌리에 스치는 풍경이 있다. 한국 민가의 뒤뜰에 검정색, 갈색 항아리가 죽 늘어서 있는 장면이다. 박력 넘치는 그 풍경을 볼 때마다 아, 이 모습이 이 나라의 저력이구나 싶다. 그 경외심에 넙죽 엎드리고 싶어질 정도다. 된장, 간장, 고추장. 이 세 가지만큼은 내 손으로 직접 만들어 먹어야죠. 그렇게 당당히 말하는 한국 사람들을 몇 명이나 만나 보면서, 나는 내 살림이 얼마나 취약한지 뼈저리게 깨닫고 한숨을 쉬지 않을 수 없었다. 나는 평소에 간장조차 만들지 않는다.

그래서 괜스레 더 단지를 갖고 싶다. 작지만 묵직하게 들어앉은 설탕 단지와 소금 단지의 모습은 분명 내 살림의 멜대 한가운데에서 무언가를 필사적으로 지켜 주고 있을 것이다.

한편, 매실절임 단지의 뒤를 잇는 제2대 단지는 이즈모의 숫사이가마出西窯 것이다. 숫사이가마 특유의 부드러운 질감이 벌써 10년이나 우리 집 부엌의 공기를 부드럽게 해 주면서도, 사실은 꽉 조여 주고 있다.

나의 큰 자랑거리

사소해도 너무 사소한 주방 도구라서 공공연히 여기에 쓰기도 민망하지만……. 내가 큰 자랑거리로 삼고 있는 것이 하나 있다. 그건 바로 소라 모양 고무줄 걸이다. 그래 봤자 원뿔 모양에 매끈하고 뾰족한 높이 6센티미터 정도 되는 소라 껍데기인데, 나는 여기에 고리 던지기 하듯이 노란 고무줄을 걸어서 보관한다. 어떻게 보면 정말 별것 아닌 물건이다.

노란 고무줄은 어떻게 정리해야 할까.

직접 살림을 하게 된 이후, 늘 풀리지 않는 숙제였다. 수도꼭지에 걸어 놓는 것도 간편한 방법이었지만, 갈수록 고무줄끼리 엉키고 들러붙어서 지저분해 보였다. 이내 짜증이 나서 고무줄 통으로 쓰려고 큰마음 먹고 조그만 상자를 구입해 보기도 했다. 하지만 필요할 때마다 젖은 손으로 뚜껑을 열어야 하는 점이 영 수고스럽고 성가

셔서 바로 해고해 버렸다. 끝끝내 뾰족한 수가 떠오르지 않아 고무줄이 생기는 족족 버렸던 적도 있었다. 이를테면 우리 집에서 고무줄을 추방했던 시기가 있었지만, 이 오기도 오래 가지 못했다.

그러니까, 이토록 사소한 문제를 해결하지 못하고 여기까지 온 것이다.

어릴 때부터 그랬다. 우리 동네에 늘 고무줄 서너 개를 손목에 끼우고 다니는 아주머니가 살았는데, 손목을 보면 늘 빨간 고무줄 자국이 나 있었다. 심지어 고무줄 자국 바로 위에 앞치마 소매의 고무줄 자국까지 깔쭉깔쭉 나 있어서 보기만 해도 아파 보였지만, 아줌마 손목에 난 그 고무줄 자국을 보고 고무줄이란 으레 그렇게 정리하는 건가 보다 믿게 되었다. 초등학생 때 양 갈래 머리끝을 꼭 노란 고무줄로 묶고 다니던 같은 반 친구가 있었다. 검정 고무줄이 없어서 그런 건지 너무 궁금했지만, 물어보면 안 될 것 같아서 그냥 입을 꾹 다물고 있었다. 아, 그러고 보니 최근에는 사람들 앞에서 고무줄을 '줄고무'라고 말하는 사람을 본 적이 있는데, 그런 말이 어디 있냐며 그 자리에 있던 사람들에게 집중포화를 받았다. '카레라이스'라고 하는 건 괜찮아도, '라이스카레'라고 하면 옛날 사람이라고 한 소리 듣는 것과 비슷한 거겠지. 정작 나는 그 정겨운 울림이 좋아서 속으로 '줄고무, 줄고무' 하고 되뇌었지만.

정육점에서 산 갓 튀긴 크로켓 포장에 한 줄, 탱. 신문지로 돌돌 말은 생선회에 탱. 그 고무줄 튕기는 소리에서 느껴지는 의협심에 넋을 잃을 정도다. 탱 하고 울리는 그 순간의 소리가 머리띠를 동여매고 축제에 출전한 섹시한 남자 같아서 너무 멋있다.

오늘도 소라 껍데기에 고리 던지기 하듯 걸린 노란 고무줄이 자기가 나설 차례를 기다리고 있다. 원뿔이라서 높이에 따라 지름이 다르고, 그래서 고무줄끼리 들러붙지 않는다. 하나씩 스윽 빼기 편하다.

나에게는 더할 나위 없는 완벽한 주방 도구다.

물욕 많은 사람의 천성

"시라스 아줌마는 값이 싸든 비싸든, 본인한테 좋은 물건은 좋고, 나쁜 물건은 나쁜 거였어. 그것만큼은 확실하셨지."

수필가 고故 시라스 마사코白洲正子 씨의 이야기다.

"내가 20대였던 어느 날, 구입한 지 얼마 안 된 새 스카프를 두르고 있었거든. 그래 봤자 500엔짜리 히피 스타일의 조잡한 스카프였어. 10대 아이들이나 하고 다닐 것 같은, 특별할 것 전혀 없는 스카프 말이야. 그런데 아줌마가 나를 보자마자 동그랗게 뜬 눈을 반짝이면서 물으시는 거야. '어머, 그거 예쁘다. 어디서 샀니? 무슨 색 있어? 그래? 그럼 전부 사고 싶은데 나한테 사다 줄 수 있겠니?'"

뭐 말하자면, 물건 욕심 하나는 굉장한 분이셨지. 그런데 말이야, 하고 마리 씨는 이야기를 계속했다.

"아줌마는 물건 보는 눈도 대단했어. 그것도 본인만의 눈 말이야. 다른 사람한테는 아무것도 아닌 물건이라고 해도 자신에게 어울릴지 아닐지를 정확히 판단하셨어. 그렇게 해서 사다 드린 500엔짜리 스카프를 둘렀는데, 글쎄 5만 엔짜리로 보이는 거 있지."

여하튼 시라스 아줌마한테 정말 많이 배웠어. 마리 씨는 웃으며 그렇게 말하고, 창밖의 푸르고 울창한 5월의 가로수로 시선을 옮겨 잠시 생각에 잠겼다.

'물건 욕심'은 아무리 눌러도 고개를 벌떡 쳐들고 다시 일어서는 오뚝이와 같다. 취향 뚜렷한 사람한테는 천성이나 마찬가지다. 갖고 싶어, 갖고 싶어. 아, 무슨 수를 써서라도 갖고 싶어. 한번 이런 상념에 사로잡히면 돌이킬 수 없다. 지하철 손잡이를 잡고 있어도, 수영장에서 물보라를 일으키고 있어도 오로지 갖고 싶다, 갖고 싶다는 생각뿐이다. 그리고 고백하자면, 이때의 기분이 또 얼마나 좋은지.

한편, 호찌민에 사는 하오 씨 댁 부엌에서 나는 조금 전부터 납작한 국자 하나를 들고 있다. 아니, 움켜쥐고 있다. 위에서 말한 그 기분이란 녀석이 윙윙거리며 혈관을 전속력으로 뛰어다니는 중이다. 그리고 그 기운이 바로 지금 절정에 이르렀다.

손에 쥐어 보기만 해도 금방 알 수 있다.

냄비 안에 넣어 한 국자 뜨기만 해도 건더기가 이 얇은

곡선 안에 몸을 맡기고 스르르 들어갈 것이다. 중화냄비 바닥에 얼마 남지 않은 국물을 뜰 때, 채 썬 돼지고기볶음을 접시에 덜 때도 이 평평함은 절묘하다.

첫눈에 매료된 이유가 하나 더 있다. 알루미늄 재질로 된 은색 빛깔이 어찌나 부드러운지. 알루미늄 표면이 이렇게 짙고 윤기 있을 수 있다니, 처음 깨달았다.

이 국자를 보면 하오 씨가 아침 점심 저녁 매일매일, 그것도 몇 년 동안이나 써 왔다는 걸 단번에 알 수 있다. 가장자리 둘레가 매끄럽게 무디어져 있기 때문이다. 전체를 두른 부드러운 광택. 피부에 다가와 착 감기는 가벼운 질감…… 몇 천 번, 몇 만 번 이상 물과 불과 열기와 냉기에 닿아 온 이 국자는 말하자면, 부엌의 신이 애지중지 품어 기른 예술품이었다.

갖고 싶어. 정말 갖고 싶어. 혈관 속 노도怒濤가 가라앉을 생각을 안 한다. 나는 이미 두 갈래로 찢긴 듯한 기분이 들었다.

"베트남 오신 기념으로 드릴게요."

네? 지금 뭐라고 하셨어요?

"마음에 드시면 드릴게요. 가져가세요."

긴장이 풀렸다. 어머, 괜찮아요. 필사적으로 고개를 젓는 나와 기쁨이 폭발해 지금 막 승천할 것 같은 내가 엎치락뒤치락 싸우고 있다.

"사양 말고 받으세요."

하오 씨의 동료 킨 씨가 내 마음을 눈치 채고 방긋 웃
는다.

"정원이랑 집을 보세요. 이렇게 크잖아요. 하오 씨 댁
부자예요. 새것을 몇 십 개 사도 아무 지장 없을 걸요."

그렇게까지 말씀하시다니, 국자 하나 때문에 일을 크
게 만든 나 자신이 부끄러워 별안간 얼굴에서 불이 난다.
결국 죄책감에 면죄부를 받고 나서야 갈등이 무사히 마
무리됐다.

이런 사연 때문에, 이 알루미늄 국자를 손에 쥘 때면
하오 씨가 정원의 코코넛나무를 흔들어 딴 코코넛으로
만들어 준 주스의 친근한 맛이 떠오른다.

그리고 문득 생각한다. 희대의 '물건 욕심 많았다던 그
분'께도 이 한 자루를 보여 드렸으면 좋았을 텐데.

부엌의 소리

절구

초등학생 때, 소풍 가는 날 아침이 되면 문득 겁이 났다. 아침에 눈을 뜨면 두근거리는 마음으로 이불 속에서 목만 내밀고 창밖을 내다본다. "야호! 비 안 온다." 비는커녕 파란 하늘이 반짝인다. 하지만 안심하기에는 아직 이르다. 나는 파자마 차림으로 살금살금 이불을 빠져나와 귀를 쫑긋 세우고 계단을 내려간다. 내 고동 소리가 쿵쿵거리는 게 느껴진다. 계단 맨 아래 칸에 멈춰 서서 복도 건너편에 있는 부엌으로 온 신경을 집중시키면…….

타가닥, 탁탁탁. 부엌칼 소리다.

쏴아. 냄비 안 뜨거운 물을 한꺼번에 쏟아붓는 소리다.

짤그랑짤그랑. 싹싹. 쏴.

보통의 아침보다 다양한 소리가 들려오는 걸 확인하고 나면 그제야 고동 소리가 잦아든다. 아직 조금 남아 있는 불안감을 밀어내듯 부엌문을 열고 들어가면, 앞치마를 입은 엄마가 소매를 걷어 올리고 손에 김발을 들고 김밥을 말고 계신다……!

혹시라도 비가 오는 건 아닐까. 엄마가 소풍이란 걸 깜박 잊고 계시는 건 아닐까. 소풍 날 아침이란 나에게 아주 커다란 공포였다.

한편, 해 질 녘 전철역에서 터덜터덜 집으로 걸어가는 길. 일부러 좁을 골목을 따라 걷는 걸 무척이나 좋아했다. 골목을 걷다 보면 시간이 끼니때인지라 살짝 열린 부엌 창문 틈 사이로 부엌의 소리가 들려온다. 나는 그럴 때마다 가던 길을 잠깐 멈추고 귀를 기울이고는 했다.

서벅서벅. 바위를 깎아 내는 듯한 이 딱딱한 소리는 단호박이구나. 사각사각. 소리가 경쾌한 걸 보니 연근이야. 삭삭. 가벼운 소리인 걸 보니 배추를 써시나 보다. 오늘 저녁 이 댁 반찬은 채소조림인가 봐. 첨벙첨벙. 이 소리를 듣는 순간, 마치 맛있는 육수에 몸을 담근 행복한 파드득나물이 된 것 같았다. 부엌의 소리는 나에게 포근한 안녕을 가져다준다.

예전 일이지만, 돌아가시기 전까지 데라야마 슈지寺山修司 씨와 사이좋게 지냈다. 이와나미 홀에 가서 영화도 보고, 헌책방에 가서 헌책을 뒤지기도 하고, 봄이 되면 구단시타에 가서 벚꽃을 보기도 했다. 그런데 그게 언제였더라. 어느 날은 "미국에서 오늘 막 돌아왔는데"라

며 전화를 하시더니 다짜고짜 "그거, 아닌 줄 아세요"라
고 하시는 거다. 네? 무슨 말씀이시냐고 물었더니 미국
에 있는 동안 신문에 단신이 실렸다고, 데라야마 씨가 남
의 집을 몰래 들여다보다가 잡혀서 불구속 입건되었다는
내용이라고 했다. 아, 그거라면 우연히 읽어서 알고는 있
었다. 하지만, 그리 놀랍지 않았다. "그 기사 다 거짓말이
야. 그냥 지나가던 길이었다고." 거듭 말씀하시는데, 말
을 할수록 굳이 변명하실 건 없는데 싶은 생각이 들었다.

그렇잖아. 뒷골목을 어슬렁거리면서 남의 집 부엌에
서 무슨 냄새가 나는지, 어떤 소리가 들리는지 엿보며 사
람 냄새를 느끼는 것만큼 설레는 일은 없는걸. 그걸 좋아
하지 않는 사람이 어디 있어. 생각은 그랬지만, 변명하는
목소리가 너무 심각해서 어쩐지 안쓰러운 마음에 '네, 그
러셨구나' 하고 고개를 끄덕일 수밖에 없었다.

추억 어린 통화 내용이 떠오른 건 까닭이 있다. 어제
오후 꽃을 사러 나갔다가 돌아오는데, 지나가던 길목의
아파트 부엌에서 어떤 소리가 들려왔다. 그 순간 너무 놀
라서 나도 모르게 발길을 멈추고 귀를 기울였다.

그 소리는 틀림없이 절구 찧는 소리였다.

쿵쿵. 쿵쿵. 태국의 돌절구 크록ครก을 돌공이로 찧는
소리다. 돌과 돌이 부딪히는 마른 소리가 났다. 크록 소
리만 들어도 요리를 잘하는 사람인지 아닌지 바로 알 수
있다. 태국 사람들 사이에서는 이런 말까지 있다고 한다.

크록은 태국 살림의 기본 도구이며, 모든 요리는 크록을 쿵쿵 찧는 것으로 시작된다.

"아무리 시대가 변한다고 해도 태국 부엌에서 이 소리가 사라질 날은 없을 거예요."

방콕 교외에 있는 가정집에서 나에게 커리 만드는 법을 가르쳐 주던 폰라이 씨가 단호하게 말했다. 크록을 써 볼수록 그의 말이 진리라는 걸 깨닫는다.

마늘, 고추, 녹후추를 절구로 찧는다. 섬유질이 풀리고 세포에서 향이 확 피어오른다. 부엌칼로는 절대로 이런 향이 나지 않는다. 부엌칼로 채 썬 마늘과 크록으로 찧은 마늘은 하늘과 땅 차이다. 부엌칼로 정갈하게 썬 마늘은 맛이 섬세하고 깔끔하지만, 절구에 찧은 마늘은 끈덕지게 으깨져서 맛이 부드럽고 진하다. 아무리 심플한 요리라고 해도 태국 요리에서 복잡한 맛이 나는 건 그런 이유에서다. 맛의 근간이 다르다. 이제 아시겠죠? 태국 요리 맛의 비밀 중 하나가 다름 아닌 크록의 존재라는 사실을요. 태국 요리는 크록 없이 성립이 안 된답니다.

태국 길거리 어딘가를 산책할 때나 들을 수 있는 소리가 뜬금없이 우리 동네 아파트 부엌에서 들리다니. 당황할 수밖에 없었다. 이 집 주인은 분명 태국 사람일 거야. 쿵쿵. 쿵쿵쿵. 도쿄의 작은 부엌에서 울리는 마른 돌 소리. 나는 그 집 문을 두드리고 들어가 오늘 저녁 메뉴가 뭐냐며 냄비를 들여다보고 싶은 충동을 이성적으로 억눌

렀다.

데라야마 씨였다면 이럴 때 어떻게 하셨을까. 아득히도 먼 그날의 전화 목소리를 떠올렸더니, 키득 웃음이 새어 나왔다. 저녁 무렵 골목길에서 키득거리다니, 내가 봐도 수상하기 짝이 없다.

그건 그렇고, 그 혹은 그녀의 오늘 저녁 메뉴는 뭐였을까. 깽แกง(태국의 커리)이었을까, 아니면…….

투박한 녀석이지만

무쇠 꽃병

손님이 자주 오는 우리 집에는 오시는 분마다 선망의 눈빛을 보내는 물건이 하나 있다. 그래 봤자, 촌스럽고 세련미라고는 없는 녀석이지만.

그 물건은 바로 무쇠 꽃병이다. 우와, 근사하네요. 이 우엉 같이 생긴 꽃병, 멋있는데요. 집에 오신 분들이 저마다 극찬을 해 주시면, 나는 똑같은 대사를 읊어 본다.

"이것, 원래 뭐였는지 아시겠어요?"

그러면 모두가 하나같이 1미터 뒤로 쓱 물러서면서 고찰에 들어간다. 한동안 그러다가 이번엔 몇 센티미터 앞까지 얼굴을 가까이 대고 이리저리 뜯어본다. 흠. 흠. 고개를 갸웃거리면서 내놓는 대답은 가느다란 철봉, 농기구 끄트머리, 곤봉, 리어카 손잡이…… 등 실로 다양하다. 그중 훌륭하게도 단번에 정답을 맞힌 사람이 딱 한 명 있었다. 역시 여성 건축가는 달라.

"앗, 알았다! 수도관이죠?"

오, 대단하신데요. 정답입니다. 이 꽃병은 흙 속에 묻혀 있던 수도관을 뚝 잘라서 납땜으로 바닥을 때워 만든 것이다. 아무튼, 흙 속에서 나온 평범한 수도관으로 꽃병을 만든 나도 대단하지만, 완강한 갑옷 같은 녹을 온몸에 두르고 풍화하기 직전까지 버틴 이 녀석도 참 대단하다. 어찌 되었든 사람 마음을 한 번에 콱 잡아채는 물건인 것만은 확실하다.

길이 45센티미터, 지름 겨우 2센티미터. 끄트머리에 수작업으로 만든 고리가 걸려 있다. 그야말로 우엉처럼 가늘고 길다. 이 꽃병을 벽에 걸면 그저 하얗기만 한 평범한 벽에 복잡한 음영이 생긴다. 아래를 향해 날씬하게 뻗은 생경한 직선. 정말이지 아무것도 아니었을 그 직선은 바라볼수록 압도적인 존재감을 내뿜기 시작한다. 이것이 바로 쇠의 힘, 녹의 힘이다.

녹은 긴 세월 쇠가 품어 기른 드라마다. 그곳에 하나하나의 이야기가 있고, 녹은 다름 아닌 그들의 이야기꾼이 된다. 무쇠 표면 위에 단단히 뿌리 내리고 시간을 아로새겨 온 확실한 강인함과 늠름함이 있기에 우리들은 그곳에서 흔들림 없는 미美를 발견하고 감탄하는 것이리라.

가을이 올라치면 여름내 한껏 자란 정원의 팜파스그라스가 너무나도 아름다운 곡선을 그리며 허공을 헤엄친다. 그중 한 줄기를 따서 이 꽃병에 꽂아 본다. 현관 등불

아래, 포물선을 그리며 짙은 초록색 곡선이 하늘거린다. 환하게 핀 연분홍 코스모스를 한 송이. 공터의 울타리를 타고 올라온 생기 넘치는 덩굴을 한 줄기. 이제 막 필 준비를 하는 동백꽃 한 송이를 뚝 딴다. 이들을 소화하는 방식이 너무나도 훌륭해서 꽃을 꽂을 때마다 나는 후 하고 큰 숨을 내쉰다. 쇠와 녹이 가진 힘과 그 기술에 감탄하기 때문이다.

이 녹으로 뒤덮인 투박한 수도관은 무엇으로도 대체 불가능한 내 살림의 철골이다.

쇼핑 귀신

"있잖아, 함께 가 보고 싶은 곳이 있는데……."

어딘데, 라고 채 묻기도 전에 그 가게에 도착했다. 뭐야, 이럴 거면 왜 물어봤어. 사키요 씨는 쓴웃음 지을 틈도 주지 않고 드르르 미닫이문을 열더니 훤한 발걸음으로 들어가 손가락으로 유리장을 가리킨다.

"저기, 저거야."

우와. 나도 모르게 숨을 꿀꺽 삼키고 유리장 안을 응시한다. 이거 자주요磁州窯잖아. 매트한 하얀 표면으로 보나, 짙은 철화기법*으로 보나 송나라의 명도자기라는 걸 한눈에 알 수 있다. 나 이거랑 질감이 비슷한 향합香盒 있어. 음, 이 가게에 있는 건 작고 귀여운 중국 그릇이네.

"이거 너무 좋다. 정말 멋있어."

---

* 초벌구이한 도자기 표면에 철사(鐵砂) 안료로 문양을 그리는 기법.

"그렇지? 그렇지? 알아주는 사람은 너밖에 없다니까."

그래서, 얼마야? 지난번에 저기 앉아 계시던 아저씨한테 물었더니 1만 2,000엔이랬어.

"잠깐, 이거 네가 안 사면 내가 살래."

그렇게 기세를 몰아 우리는 그녀가 예전부터 눈독 들이고 있던 지름 5센티미터 정도의 옛날 유리구슬을 샀다. 그녀는 오렌지색, 나는 푸른색. 사이좋게 하나씩 사 들고 뛸 듯 기뻐하며 야사카 신사 근처의 골동품점을 뒤로했다.

쇼핑은 질질 끌어서는 안 된다. 틈을 주어서도 안 된다. '쇼핑 귀신'임을 인정하는 사람들끼리는 '앗' 하고 외치는 순간까지 한 치의 오차도 없이 똑같다. 일전에 우연히 기온 근처를 걷는데 낙엽 더미 안에서 눈이 번쩍 뜨일 정도로 아름다운 잎사귀를 발견했다. 그 순간 '앗' 하고 외쳤는데, 바로 0.3초 뒤에 사키요 씨가 '앗' 하는 것이다. 너무 신기해서 "사키요, 혹시 아까 네가 본 게 저 와인색 살짝 감도는 노란색 낙엽이니?"라고 물었다. 그랬더니, "응. 정말 예뻤는데." 가을이 오면 너무 힘들어. 바닥에 떨어진 낙엽이 하나같이 너무 예뻐서 주울 것도 많거든. 어느새 땅만 보며 걷고 있다니까. 맞아. 가을만 되면 가방 속에 비닐봉지가 떨어질 날이 없어. 어느새 교토 사투리로 맞장구를 치고 있다.

그 대신, 쇼핑 귀신은 인정사정 봐 주지 않는다. 언젠

가 골동품점에 뛰어 들어가 호리병 모양 꽃병을 사 들고 들뜬 마음으로 걷고 있는데, 사키요 씨가 나직이 한마디 했다. "저 가게, 분위기가 어째 가짜 같아." 굳이 물건이 좋다, 나쁘다를 평가하지는 않는다. 하지만, 가게 분위기를 에둘러 표현하면서 결국에는 나에게 따끔한 충고를 던진다. 그리고 그녀의 의견이 전적으로 옳았다는 것을 나는 도쿄 집에 돌아와 그 꽃병에 꽃을 꽂아 보고 나서야 비로소 깨닫는다.

그런 친구를 밀어제치고 구입한 게 바로 이 조선시대 벽걸이 등잔이다. 사실 나는 꽤 오랜 시간 이 등잔을 찾고 있었다. 통나무 하나를 깎고 파내서 만든 이 등잔을 처음 보자마자 얼른 벽에 걸어 양초를 켜 보고 싶어서 안달이 났었다.

어느 초여름 저녁 무렵이었다. 사키요 씨가 평소 자주 들르는 고쇼 대로 위 골동품점에 같이 갔는데, 가게에 발을 들이자마자 사키요 씨가 소리쳤다. "우와, 이거 괜찮다." 반대편 선반을 보고 있던 나는 그녀의 목소리에 뒤를 돌아봄과 동시에 나 스스로도 놀랄 만큼 큰 소리로 외쳤다.

"내가 살래!"

먼저 말해 놓지 않으면 '위험할' 것 같은 초조함 때문이었다. 그래, 너한테 양보할게. 사키요 씨는 흔쾌히 말했지만, 내가 너무 절박하게 소리를 질러서 깜짝 놀라 얼떨결에 양보한 것이다. 사키요 씨가 매우, 너무나도 원했다는 걸 잘 알고 있었다. 그래도 3년이나 찾아 헤매던 거란 말이야. 이해해 줘. 내 절박한 마음이 어떤 건지 굳이 설명하지 않아도 그녀는 잘 알고 있을 것이다.

그 덕분에 이 조선시대 벽걸이 등잔 위에 둥근 양초가 들어앉을 수 있었고, 그렇게 이 등잔은 우리 집의 소중한 상야등常夜燈이 되었다.

길들이기 시간

"오늘 전자레인지 버릴 거야."

지금으로부터 10년도 훨씬 더 된 어느 날이었다. 나는 미간을 한껏 찌푸려 표정을 무섭게 만들면서도, 속으로는 가슴이 두근거린다는 사실을 애써 감추며 가족 앞에서 선언했다.

이미 결정했어. 반론의 여지는 없으니까 그렇게 알도록. 우리 집에서 가장 속 좁은 내가 선언했으니 아무도 막을 수 없다. 반대해도 소용없어. 나는 이런 내 마음을 짧은 대사 안에 꼭 눌러 담아 말했다.

"좀 무모해 보이는데.""너무해. 엄마 마음대로 하는 게 어디 있어."

예상대로 비난의 폭풍이 거세다.

"우유 데울 때는 어떡해?"

작은 밀크 팬 쓰면 되잖아.

"찬밥 데울 때는?"

대나무 찜통에 찌면 돼. 갓 찐 밥이 얼마나 맛있는데.

하지만 하나같이 시무룩한 표정이다. 냉장고에 있는 조림 데울 때는, 스프 1인분 데울 때는……. 아무리 항의가 빗발쳐도 굴해선 안 돼. 나는 다리에 힘을 주어 버티고 참았다. 그리고 가족이 다 나간 그날 오후, 18년 동안 우리 집에서 부지런히 일해 온 전자레인지를 조용히 지인의 집으로 보냈다.

아이가 어릴 때는 밥을 빨리하는 게 최우선이었다. 얼려 둔 주먹밥을 전자레인지에 데우기만 하면 허기져서 돌아온 아이에게 따끈한 밥을 바로 먹일 수 있었다. 우유를 데울 때도 컵에 죽 따라 전자레인지에 넣기만 하면 되니 냄비를 쓸 필요가 없었다. 엄마, 주부, 일이라는 역할에 뒤엉켜 사는 동안 전자레인지에게 얼마나 많은 도움을 받았던가. 그건 나 자신이 가장 잘 알고 있다.

하지만, 이만하면 됐다.

생각이 여기까지 미쳤으니 이제 돌이킬 수 없다. 냉동 주먹밥은 이제 됐어. 십 년 넘게 지속했던 시간과의 싸움을 끝내고, 다시 한 번 음미하며 먹을 만한 밥을 정성껏 지어 보고 싶어.

갑자기 쿵 하고 뭔가 확신이 섰다. 전자레인지는 그만 됐다는 쪽으로 마음이 움직이고 말았다.

그렇게 부엌에서 전자레인지를 강제 철거 한 이후의

전 말은?

후후. 내가 이겼다. 처음 2주 정도는 가족들로부터 투덜거림과 빈정거림과 비난의 불똥이 일었고, 그럴 때마다 나는 몸을 움츠렸다. 오로지 버티자는 마음뿐이었다. 그렇게 한 달이 지나고 두 달이 지나자 누구도 더는 어떤 말도 하지 않았다. 말하자면, 이 생활에 익숙해진 것이다. 아니, 익숙해졌다기보다는 당장 물건이 없으니 어쩔 수 없이 작은 냄비나 대나무 찜통을 풀가동하는 수밖에 없었다. 나는 몰래 가족들의 표정을 힐끔거린다. 쳇 하고 혀끝을 차면서도 냄비를 꺼내 우유를 데운다. 후후. 내 생각대로 됐어. 너무 기뻐서 춤이라도 출 지경이다. 됐어. 해냈어. 소리 지르고 싶었지만, 긁어 부스럼이 될까봐 무서워 꾹 참고 아무 말 없이 있었다.

그렇다. 내가 이렇게 할 수 있었던 건 근거가 있었기 때문이다. 이미 전력이 있었기 때문에 확신할 수 있었던 것이다.

무쇠 주전자를 들인 지 벌써 십 몇 년이 지났다. 우리 집에 뜨거운 물 끓이는 도구는 이것 이외에 전혀 없다. 차를 마시고 싶으면 그때그때 무쇠 주전자를 불에 올리고, 발 씻을 더운 물이 필요하면 그때그때 무쇠 주전자에 물을 끓인다. 스테인리스 주전자도 없거니와 보온병이나 전기밥솥도 없다.

사실 그전까지 2리터는 족히 들어가는 스테인리스 주

전자를 쓰고 있었다. 하지만 나랑 맞지 않았다. 물이 금방 식고 사용할수록 표면이 거칠고 거무스름해졌다. 큰마음 먹고 열심히 닦아 봐도 고새 거뭇해졌다. 닦는 법이 잘못됐는지 흠집도 점점 늘어났다. 그러면 또 흠집 사이에 때가 끼기 시작하고……. 잡힐 듯 잡히지 않는 술래잡기처럼 허무할 따름이었다. 오래 쓸수록 정취가 묻어나면서 물까지 맛있게 끓여 주는 주전자 어디 없을까.

그렇게 몇 해가 지난 어느 날, 마침내 나는 만추晩秋의 도호쿠에서 쾌재를 불렀다. 만세. 모리오카 '가마사다 공방'에서 난부철 무쇠 주전자를 만난 것이다.

가마사다 공방은 미야 노부호 씨가 운영하는 주물 공예품 공방으로, 옛날부터 전해 내려오는 모리오카盛岡 기법을 기본으로 하여 무쇠 주전자를 제작한다. 원래 무쇠 주전자는 에도시대에 난부번 대장장이가 찻주전자를 작게 만들어 손잡이와 주둥이를 달면서 탄생했고, 이후 서민들 사이에서 널리 퍼진 것이라고 한다.

주전자를 처음 본 순간, '앗, 이거야'라고 생각했다. 반들반들하고 묵직하니 안정감 있는 무쇠 주전자의 모습. 쇠, 모래, 검은 옻으로 물든 미야 씨의 손. 오랫동안 물건을 만들어 온 사람에게만 깃들어 있는 과묵하면서도 한걸음도 물러서지 않을 것 같은 혼이 서린 눈빛. 그 모든 것이 하나의 상像으로 맺혔고, 그렇게 이 무쇠 주전자는 나에게 없어서는 안 되는 물건이 될 거라는 믿음을 줬다.

무쇠 주전자를 안고 모리오카에서 돌아온 날, 나는 가족들 앞에서 엄숙히 선언했다.

"오늘부터 이 무쇠 주전자로 물을 끓일 거야. 조금 무겁겠지만, 쓰다 보면 익숙해져."

아, 또 시작이구나. 하지만 이 사람 머릿속에는 이미 '뜨거운 물은 무쇠 주전자'라는 도식이 꽉 들어차 있어. 식구들 모두 알고 있었다.

하지만, 그때부터가 인내와 시련의 나날이었다.

무쇠 주전자를 처음 쓰실 때는 '길들이기 시간'이 중요합니다.

미야 씨가 미리 설명해 주었다. 뜨거운 물을 매일 끓여야 하고, 다 끓이면 약불에 얹어 내부를 건조시킵니다. 절대로 수분이 남아 있어서는 안 돼요. 재빨리 물때를 입혀서 피막을 형성해야 합니다. 절대로 손대지 마세요. 수세미로 닦아도 안 되고요. 주전자 내부 전체에 하얀 가루를 뿌린 것처럼 되면 물때가 잘 꼈다는 증거입니다.

이론은 이해했지만, 현실은 녹록지 않았다. 완전히 마른 줄 알았는데 아주 약간의 수분만 남아도 녹이 슬기 시작했다. 만지면 안 될 것 같아서 참고 있으면, 녹이 점점 퍼져서 기껏 만들어 놓은 하얀 막까지 무정하게 잠식해 갔다. 이를 갈면서 지켜보지만, 적의 기세는 꺾일 줄 모른다. 에잇, 될 대로 되라지. 분노에 차 수세미로 쓱쓱 밀어 녹을 퇴치하고 결국 '길들이기 시간'은 출발점으로 돌아간다……

이 난관을 헤쳐 나가기를 꼬박 세 번. 땀과 눈물의 한 달을 보냈을 무렵, 드디어 안쪽이 하얀 물때로 뒤덮였고, 내 무쇠 주전자는 녹이라고는 모르는 강한 아이로 성장했다. 무쇠 주전자와 고락을 함께한 그 새벽의 물맛은 둥글둥글 보들보들한 것이 흡사 감로와도 같았다.

무쇠 주전자 뚜껑을 열 때마다 일희일비하는 나를 옆에서 지켜보던 가족의 시선은 의외로 따뜻했다. 무쇠 주전자에 끓인 물맛을 자신의 혀로 실감했기 때문이리라. 때때로 "잘돼 가?"라고 말도 걸어 주고, 함께 뚜껑을 열고 들여다봐 주기도 했다.

그 이후 이미 몇 년 동안이나 우리는 무쇠 주전자 하나만 써 왔다. 양은 주전자도 스테인리스 주전자도 없다. 전기 주전자를 가져 본 적도 없기 때문에 그때그때 물을 끓이는 게 습관이 돼 있다. 손잡이를 잡을 때 행주를 대고 잡는 것도, 뚜껑이 어긋나지 않게 뚜껑꼭지를 쥐는 각도도 온 가족 모두가 능숙해졌다. 만세, 만세.

봤지? 전자레인지가 없어도 분명 잘 지낼 수 있을 거야. 실력 행사에도 다 근거가 있는 거라고……. 아니야, 우쭐해지지 말자. 지난 번 딸이 찬밥 데우기 귀찮아서 찬밥 위에 낫또 얹어서 먹었다고 투덜댄 적도 있었잖아. 원망스러운 눈초리로 "아, 전자레인지 있었으면 좋겠다"라고 했었지. 그때는 못 들은 척했지만.

그래도 우리 조금만 참아 보자.

이런 나, 안 되나요

리넨

바싹 마른 빨래 더미 안에서 리넨linen, 麻으로 된 식탁보를 꺼내 끄트머리를 두 손으로 꽉 쥐고 펄럭 나부낀다. 허공을 헤엄친 식탁보를 그대로 테이블 위에 사뿐 착지시킨다. 바스락바스락, 사각사각. 섬유 한 올 한 올에 물이 닿고 공기가 지나간 뒤의 리넨은 제 몸을 주글주글 움츠리고 있다. 나는 그 주름의 바다 위에 손바닥을 내려놓고, 마치 평영을 하듯이 두 손을 크게 좌우로 미끄러뜨리다가 그대로 몸을 기울여 볼을 주름 위에 딱 붙인다.

갓 빨아 말린 리넨의 주름을 좋아한다. 면 주름은 펴주고 싶지만, 리넨 주름은 그러고 싶은 마음이 전혀 들지 않는다. 더 움츠려 보라고, 더 쪼글쪼글 주름지어 보라고 속삭이고 싶어진다.

천이 호흡하면, 그 호흡을 격려하고 싶어진다.

그런 이유 때문에 다림질은 생각할 수 없는 일이다. 리

56

넨의 건강한 호흡에 누름돌을 얹어 짓누르다니, 어떻게 그럴 수 있어. 나는 리넨의 숨소리를 곁에 두고 듣고 싶어서 여름이고 겨울이고 일 년 내내 테이블 위에 내어 놓는다.

하지만 세상 사람들은 그렇지 않은 모양이다. 깨끗하게 다림질되지 않은 리넨의 모습이 초라하고 게으르게 비쳐지는 모양이다. 오늘 아침 막 빨아 아름답고 건강하게 주름진 리넨 식탁보가 테이블 위에 걸쳐 있는데도 말이다.

식탁보뿐만 아니라 행주도 리넨으로 된 것을 선택한다. 공기를 가득 머금고 부풀어 오른 강인한 리넨 섬유는 접시 위의 물방울을 순식간에 닦아 준다. 말 그대로 눈깜짝할 새 수분을 닦아 없앤다. 그리고 꼭 이야기하고 싶은 장점이 또 있다. 쓰기 편한 리넨을 더욱 자주 쓰게끔 해 주는 장점은 바로 섬유가 잘 풀리지 않고 접시에 보풀이 붙지 않는다는 점이다. 그것이 바텐더가 유리잔을 닦을 때 반드시 리넨 행주를 쓰는 이유다. 또, 면으로 된 행주는 금방 마르지만 그만큼 금방 축축해져서 설거지 한 번에 서너 장씩 필요할 때도 있다. 하지만 튼튼한 섬유가 촘촘히 짜인 리넨 행주는 한 장만으로도 충분하다. 갓 빨아 생긴 주름이 손에 닿으면 개운한 느낌을 준다.

마음이 놓이는 정도가 다르다. 진심으로 의지가 된다. 심지어 오래간다. 벌써 10년이나 써 온 리넨 행주는 촉감이 순하고 주름도 스르르 부드럽다. 수분을 마법처럼 흡수한다. 이 정도면 존재 자체가 이미 재산이다.

하늘이 드높고 맑게 개어 공기가 건조한 날은 리넨을 세탁하기 좋은 날이다. 집 안에 있는 식탁보와 커버를 죄다 벗겨서 세탁기 안에 아무렇게나 집어넣는다. 저녁에 만나게 될, 내 피부를 상쾌하게 어루만져 줄 그 건강하고 아름다운 주름을 떠올리면서. 리넨에 얼굴을 파묻었을 때의 그 행복을 상상하면서.

앗, 그래서 딸 이름을 '아사麻'라고 지은 건 아니랍니다.

불쾌한 느낌

도키코 씨가 뚜벅뚜벅 발소리를 내며 다가와 장승처럼
우뚝 서서 우리를 내려다보고 있다. 눈꼬리가 올라간 표
정이 마치 도깨비 같아서 어안이 벙벙해졌고 커피 잔을
쥔 손이 허공에 그대로 멈췄다. 테이블 너머에 앉아 있던
다카시 씨도 눈이 휘둥그레진 그대로다. 그 모습이 마치
정지화면 같다.

"두 사람, 언제까지 여기서 이러고 있을 거야?"

무슨 소리야. 아까 우연히 만나서 같이 온 거잖아. "차
라도 한잔할까" 싶어서 자리에 앉으려고 하는데 도키코
씨가 "안 되겠다. 아까 본 잡화점 가서 카드 좀 보고 올
게"라고 말하고 혼자 발길 돌려 터벅터벅 가 버렸잖아.
결국 우리 둘만 남아서 차 마시며 기다리기로 한 거고.
도키코 씨는 무슨 만화에 나오는 사람처럼 허리에 손을
얹고 머리에서 김을 뿜고 있었다. 그 순간 웃음이 터져

나올 것 같았지만, 무서워서 참기로 하고 다카시 씨가 이 사태를 수습해 주기를 기다렸다. 어른이 되어서 이런 일을 당하다니, 난생 처음이다.

"일단 가 볼게. 또 보자." 도키코 씨의 등을 떠밀며 부리나케 카페를 나서는 다카시 씨의 뒷모습을 바라보다 그제야 깨달았다. 아, 그랬구나. 도키코 씨가 우리를 질투한 거였어. 뒤늦게 전말을 깨달은 나는 이번엔 정말로 웃음이 터졌다.

다음 날, 도키코 씨한테 전화가 왔다.

"나 정말 창피해. 내가 무슨 짓을 한 거야. 제발 잊어 줘……."

괜찮아, 괜찮아. 그녀를 달래고 수화기를 내려놓았다. 하지만 미안하게도 그 도깨비 같은 표정을 기억에서 씻어 낼 수 없었다. 평온하기만 한 표정 너머에 잠들어 있던, 봐서는 안 될 수라修羅를 보고 만 것이다. 그것도 보지 않아도 될 사람의 표정을. 유쾌하지 않은 감각이 질척하게 피부에 들러붙어 떨어지지 않았다.

아, 이 사연을 왜 이렇게 장황하게 늘어놓는가 하면, 대나무 소쿠리와 가메노코 수세미를 떠올릴 때마다 손에서 비슷한 감각이 느껴지기 때문이다.

가메노코 수세미는 천연 종려 섬유로 만든다. 잘 썩지 않고 물에 강한 종려 섬유를 가공해 만든 이 수세미는 옛날 일본인의 부엌에서 빼놓을 수 없는 것이었다. 설거지는 으레 가메노코 수세미로 하는 것이었다. 일본 고유의 주방용품이다 보니 나 또한 꼭 써 봐야 직성이 풀릴 것 같아서 우리 집 부엌에도 이 수세미를 둔 적이 있다.

하지만 안타깝게도 아무리 써 봐도 마음에 들지 않았다. 설거지를 할 때마다 음식 찌꺼기가 촘촘한 종려 섬유 사이로 더 깊숙이 들어가서 결국 수세미까지 빨아야 하는 지경에 이르렀다. 그런가 하면, 다루는 나도 참 얼마나 서투른지, 설거지할 때마다 가늘고 뾰족한 가시에 손톱 사이를 푹 찔렸고, 그 날카로운 아픔에 펄쩍 뛴 적도 많았다. 대나무 소쿠리도 마찬가지다. 그물코에 낀 자잘한 찌꺼기를 빼내려고 할 때마다 거스러미가 일어난 대나무 섬유에 줄곧 손가락을 찔리곤 했다. 질이 안 좋은 대나무라서 그런가. 게다가 수세미와 대나무 소쿠리 둘 다 습기를 잘 흡수하기 때문에 환기가 잘 안 되는 맨션에서 쓰다 보면 늘 축축하고 바싹 마르지 않았다. 이 점 또한 마음에 들지 않았다.

말하자면, 주거 형태, 사용법, 내 성향 등 여러 가지 면에서 맞지 않았다. 아무리 뛰어난 도구라고 해도 상성이란 게 있는 거라며 스스로를 달래 보지만, 자격 미달이란 낙인이 찍힌 것 같아 마음이 좋지 않다. 아니, 굳이 그런 핑계를 들이대지 않더라도, 뾰족한 종려나무와 대나무 가시에 찔렸을 때의 그 불쾌한 감각이 마치 고문의 순간처럼 내 피부에 들러붙어 도저히 잊히지 않았다.

이를 통해 나는 구태여 옛날 주방용품을 고집하는 것도 다시 생각해 볼 문제구나 반성했다. 지금은 일본인의 살림살이와 주거 형태 전부 꽤 변했기 때문에, 현재 내 살림에 무리 없이 잘 맞는 물건을 천천히 찾아가는 편이 낫다. 옛날 것이라고 뭐든 좋을 리가 없다.

이렇게 해서 결국 나는 스테인리스 소재로 된 채반과 자루 달린 브러시에 안착했다. 지금의 채반은 스테인리스 소재라서 훌륭하게도 때 타는지 모르고 쓴다. 펀칭한 구멍에 음식물이 끼거나 쌓이지도 않는다. 오래 사용했어도 새것이나 마찬가지다. 베트남 시장 잡화점에서 발견한 알루미늄 채반은 지름이 1센티미터나 되는 큰 구멍이 있어서 훨씬 쓰기 편하다. 납땜으로 다리를 붙여 달라고 특별히 부탁해 그 멀리서 일부러 가지고 돌아왔다. 얼마나 쓰기 편한지, 잎채소를 씻거나 할 때 물이 순식간에 빠진다. 게다가 알루미늄이라서 촉감이 부드러워서 부엌 일이 훨씬 평온해졌다. 이런 장점을 알아볼 수 있었던 건 가메노코 수세미와 대나무 소쿠리를 써 봤기 때문일 것이다.

뚜렷이 설명할 수는 없어도 질척하고 불쾌한 그 느낌이 도무지 잊히지 않는다면, 더는 방법이 없는 것이다. 하지만 그 '불쾌한 느낌' 속에서 내게 중요한 게 무엇인지 발견할 수도 있다.

그날, 교정에서

은행나무 도마

쿵. 부엌칼이 힘껏 내리 찍힌다. 그리고 그 충격을 든든하게 받아 주는 내 도마는 은행나무 도마다.

이전까지는 계속 편백나무 도마만 써 왔다. 오랜 세월 동안 편백나무가 최고라고 굳게 믿어 왔기 때문이다. 그러던 어느 날 은행나무를 다루는 장인을 만날 기회가 있었는데, 말수 적은 그가 말했다.

"은행나무의 나뭇결은 유분을 촘촘히 머금고 있어요. 그래서 부엌에서 쓰기에 제격이죠. 물이 스며들지 않거든요. 게다가 뭐니 뭐니 해도 가볍습니다."

그가 직접 깎은 도마를 어루만져 봤더니, 말한 대로 촉촉한 것이 손에 부드럽게 닿았다. 그 촉감이 고급스러운 유피柔皮를 떠올리게 했다.

와, 은행나무 도마를 직접 사용해 보니 정말 놀라웠다. 참으로 훌륭했다. 그가 한 말대로 나무 표면이 지방질을 듬뿍 머금고 있어서 점벙점벙 씻어도 물기가 매우 잘 말랐다. 편백나무였다면 생경하게 받아들였을 부엌칼의 힘을 은행나무는 부드럽게 연착륙시켰다. 그리고 편백나무의 남자다움 혹은 정한精悍함과 비교했을 때 확실히 순했다.

그러고 보니 아주 오래전, 초등학교 교정에서 녹색 잎사귀를 바람에 펄럭이며 서 있던 그리운 거목들 모두 은행나무였다. 친구들과 다투고 바로 집에 가기 싫어서 아무도 없는 교정 구석, 은행나무 아래 철봉에 혼자 매달려서 서러워 울기도 했었다. 그렇게 싫어하던 운동회 높이뛰기 선수로 뽑혀서 억지로 등번호를 달아야 했고, 내 차례가 올 때까지 은행나무 그늘에 숨어서 어디론가 사라지고 싶다고 생각했다. 좋아하는 남자 아이와 처음 같은 방향으로 집에 가게 됐을 때, 그 요란했던 가슴 떨림도 은행나무는 분명 알고 있을 것이다. 아, 그랬었네. 꽤 오랫동안 은행나무랑 친하게 지내 왔어.

오늘 아침에도 나는 은행나무 도마를 꺼내 부지런히 무와 나물을 서벅서벅 썬다. 유부를 잘게 썬다.

푸른 하늘에 한 자루의

물건을 잘 버리지 못하는 성격이지만, 큰마음 먹고 버리는 것도 살림을 수월하게 하는 방법 중 하나다. 그래서 이따금 벼랑 끝에 선 심정으로 '에잇' 하고 결단을 내린다. 마음을 독하게 먹고 눈을 질끈 감고 내다 버리면 생활 속 어딘가에 침전해 있었던 앙금이 씻겨 내려가 안도감이 든다.

플라스틱 주걱과 스테인리스 뒤집개를 처분했을 때도 그랬다. 몇 개월, 몇 년 동안 그 자리에 있었는데도 끝끝내 손이 가지를 않는 것이다. 밥을 뜰 때는 역시나 대나무 주걱이었고, 채소를 볶을 때, 구운 고기를 뒤집을 때 역시 대나무 주걱을 쓰게 되었다.

다 떠나서 부엌은 좁은 공간이다. 그만큼 자리 뺏기 싸움 또한 치열하다. 우리 집에는 그 치열한 경쟁을 뚫고 새로운 자리를 획득한 도구가 세 개나 있다. 바로 무 갈

때 쓰는 대나무 무 강판, 끝이 가늘고 뾰족한 요리용 젓가락, 마지막으로 간 생강이나 마늘을 긁어모으는 스크래퍼다.

그렇다. 이들 모두 대나무로 돼 있다.

손에 쥐어 보기만 해도 안다. 도호쿠 지방을 중심으로 자주 쓰였던 대나무 무 강판에서는 대나무의 강인함이, 요리용 젓가락에서는 탄력, 가벼움, 튼튼함 그리고 대나무 특유의 반들반들한 정취가, 끝이 실처럼 가늘게 쪼개져 있는 스크래퍼에서는 세로로 잘 쪼개지는 나긋나긋한 성향이 느껴진다. 대나무 본연의 시원시원한 느낌이 일본 부엌용품에 고스란히 녹아들어 있는 것이다. 그래서 나는 감탄한다. 일본인이 자연을 생활 속으로 가지고 들어온 좋은 예로 대나무만 한 것이 있을까.

김발, 국자, 소쿠리, 꽃병, 대나무 빗자루에 부채까지……. 언뜻 둘러보기만 해도 이렇게 대나무가 많이 있는데, 반대로 우리 생활 속에서 언젠가부터 자취를 감춘 물건도 있다.

맞아, 대나무 장대! 어렸을 때, 앞마당에 나가 푸른 하늘을 올려다보면 두꺼운 대나무 막대기가 가로 일자로 선명하게 하늘을 가로지르고 있었어.

프로와 아마추어 사이

요리용 젓가락

프로가 쓰는 도구에 함부로 손을 뻗어서는 안 된다고 생각한다.

이런 사람이 있다. 요리하는 걸 너무 좋아해서 주말만 되면 열혈 요리인이 되는 사람. 머리에 수건을 두르고 허리에 앞치마를 질끈 맨 다음, 갈고 닦은 회칼을 손에 쥐면, 그 모습이 영락없는 요리인이다. 흰 살 생선을 스윽 뜨는 걸 보면 이야, 꽤 훌륭하다. 하지만 문제는 그다음이다. 슬슬 육수를 내 볼까 하고 알루미늄 보즈나베坊主鍋를 꺼내(아, 보즈나베란, 마치 스님 머리처럼 매끈하고 손잡이가 달리지 않은 냄비를 말합니다) 물을 채우고 가쓰오부시를 듬뿍 넣는다……. 그러고 말이죠, 집게로 냄비를 꽉 쥐고 볼 위에 펼친 면보 위에 육수를 쏴 붓는다…….

“집게는 한번 손에 익으면 정말 쓰기 편하죠.”

그렇고말고요. 언뜻 위험해 보이기는 해도, 힘점을 어

디에 두는지 터득하면 냄비를 원하는 곳에 정확히 고정할 수 있다. 하지만 주방에서 집게를 사용하게 된 진짜 이유는 여러 종류의 냄비를 효율적으로 수납하기 위해서다. 손잡이가 달려 있으면 냄비를 여러 개 겹쳐 놓을 수 없지만, 손잡이가 없으면 그릇을 포개 놓듯이 대중소로 나눠 척척 쌓아 둘 수 있다. 이런 이유 때문에 일식 장인들이 손잡이 없는 냄비를 고르고 그 대신 집게를 사용하는 것이다.

아, 집게를 쓰는 걸 보니 이분도 요리인의 수납 기술을 응용했나 보다. 무릎을 탁 치며 찬장을 들여다봤더니 보즈나베는 딱 하나 있다. 그렇다면 손잡이 달린 보통 냄비랑 다를 게 없잖아. 속으로 생각했지만, 굳이 말하지 않았다. 말해선 안 된다고 생각했다. 왜냐하면 보즈나베와 집게는 주말의 열혈 요리인에게 너무나 중요한 '기분'이기 때문이다.

이렇듯 같은 도구라고 하더라도 프로의 쓰임새는 가정의 그것과 미묘하게, 혹은 크게 다른 경우가 많다. 그래서 어지간히 신중하게 고르지 않으면 아무리 프로가 쓰는 도구라고 해도 가정에서 제 힘을 발휘하지 못한다.

그럼, 요리용 대나무 젓가락에 대해 이야기해 보자. 끝이 바늘처럼 가늘고 머리 부분을 납작하게 깎아서 만든 이 젓가락은 전문가들의 필수품이다. 생선회 위치를 정확히 정한 다음 접시에 담아야 하는 무코즈케向う付け*를

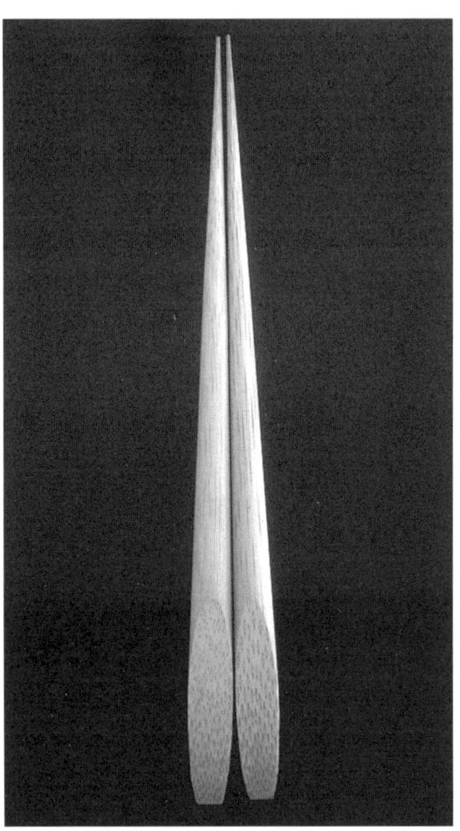

정갈하게 담을 수 있다. 마치 그림을 그리듯이 요리를 정확하게 배열할 수 있고, 젓가락 끝이 섬세해서 아무리 작은 재료도 정확히 집어 올려 내 뜻대로 착지시킬 수 있다. 그러기 위한 섬세함과 예리함인 것이다. 또한 젓가락 머리가 비스듬히 깎여 있는 이유는 필요할 때 젓가락을 뒤집어 잡아서 작은 숟가락처럼 사용하기 위해서다.

이렇게 사소하지만 유용한 도구일수록 프로의 무대에서나 제 기량을 발휘할 수 있다. 때문에 아마추어는 쉽사리 다가가기 힘들다. 하지만, 어느 날 문득 이 젓가락이 얼마나 편한지 체험해 보고 싶어졌다. 그리고 그걸로 끝이었다. 아니, 새로운 운명이 시작됐다. 와, 정말 깜짝 놀랐다. 일반 요리용 젓가락으로 집을 때마다 애를 먹였던 채 썬 다시마와 건새우, 혹은 냄비 밑바닥에 남은 마늘 지스러기까지 놓치지 않고 정확히 집을 수 있었기 때문이다. 불필요한 품이 전혀 들지 않았다. 그 나무랄 데 없는 일솜씨에 반한 나는 '그래, 이거야!'라고 쾌재를 부르며 세 쌍을 새로 구입했다.

우리 집에는 요리용 젓가락이 두 종류다. 코가 둥근 일반 요리용 젓가락과 음식을 접시에 담을 때 쓰는 이 대나무 젓가락이다. 아하, 손가락의 의도를 재빨리 젓가락 끝에 전달하는 데에는 프로고 아마추어고 없는 거구나.

※ 코스 요리인 가이세키(会席) 요리의 한 품목을 말한다. 주로 생선회가 올라간다.

73

보테보테차의 유혹

차 센

가랑비가 부슬부슬 내리고 땅거미가 짙게 내린 지금, 나는 택시를 타고 달리는 중이다. 시계를 보니 여섯 시 2분 전. 내 마음이 정말 말이 아니다. 무엇 때문에 이렇게 초조해하느냐고? 바로 보테보테차ぼてぼて茶 때문이다. 하던 일을 끝내고 내일 아침 일찍 이곳, 마쓰에를 떠나야 하는데 그 전에 꼭 마셔 보고 싶었던 보테보테찻집이 여섯 시에 문을 닫는다는 것이다.

보테보테차는 마쓰에의 차다. 향토음식이라고 하는 편이 맞을까. 이 차에는 뭐든지 들어 있다. 잘게 썬 단무지, 고야두부※, 표고버섯, 팥이나 현미 등 몇 가지나 되는 작은 건더기가 건조된 찻잎을 우려 낸 녹차 안에 들어 있다고 한다. 그리고 젓가락을 쓰지 않고 두 손으로 찻잔을

※ 잘게 썬 두부를 얼린 뒤 말린 것.

감싸든 다음, 건더기째 후루룩 빨아들이며 먹는다고 한다. 이 또한 참 신기한 음료수 아닌가. 그 맛이 어떨지 상상이 가지 않았다. 여기까지 왔는데 몇 년 동안이나 내 관심을 불러 일으켰던 이 보테보테차라는 걸 맛보지 않고 돌아간다면, 아무래도 뒤끝이 개운치 않을 것 같다.

"앗, 열려 있어요."

동행한 H 씨가 옆에서 큰 소리로 외쳤다. 몸을 쑥 내밀고 몇 미터 앞 등불을 더듬어 가 봤더니, 그의 말대로 비에 촉촉이 젖은 긴 천에 '보테보테차'라고 쓰인 하얀 글씨가 보였다. 우리는 숨을 헐떡이며 포렴을 가르고 들어갔다.

"보테보테차 주세요."

아무도 없는 텅 빈 가게로 들어가서 맨 앞의 테이블에 앉았다. 보테보테차를 끓이는 아주머니의 손길이 보이는 이곳이 당연하게 진지陣地가 된다.

이제 말차 찻잔을 꺼내셨다. 나는 숨죽여 아주머니의 손길을 응시했다. 그녀는 보존용기를 열어 잘게 썬 건더기를 한 스푼 두 스푼 천천히 찻잔에 떠 넣고, 녹차를 따랐다. 그런 다음 이제껏 본 적 없는 거대한 차센茶筅*을 손에 들었다.

저게 뭐지! 저렇게 가늘고 긴 차센 처음 봐. 아주머니

* 가루차를 끓일 때 차를 저어 거품을 일으키는 도구.

는 익숙한 손놀림으로 삭삭 경쾌한 소리를 내며 저었다.

드디어 보테보테차가 내 눈앞에 놓였다. 우선 그릇 안을 들여다본다. 거품이 풍성한 찻잔 안에 아까 담았던 자잘한 건더기의 모습이 보인다. 두 손으로 들어 입을 대고 홀짝여 봤다. 이건 과연 차일까 음식일까. 마시는 것일까, 씹는 것일까. 그렇다고 씹어 본들 특별한 맛이 느껴지는 것도 아니다. 곤혹스러워진 나는 조용히 찻잔을 내려놓았다.

보테보테차를 위한 변명을 해 두자. 애초에 이 차는 아주 오래전 오쿠이즈모에 있는 다타라 제철소에서 일하던 인부들이 서서 배를 채우기 위해 먹던 노동식이었다고 한다. 다도에 조예가 깊던 후마이 공不昧公*이 매 사냥을 할 때 허기를 채우기 위해 고안한 간편식이라는 설도 있다. 말하자면 차 좋아하기로 유명한 이 고장 특유의 간식이라고 할 수 있다.

그렇게 납득하고 가게를 등졌지만, 이미 내 머릿속은 새로운 물건에 지배당한 상태였다. 바로 찻집 아주머니가 손에 들고 있던 그 거대한 차센이다.

쓸 만하겠어, 여러 모로 유용할 거야. 우선 생크림 거품기로도 괜찮겠어. 드레싱 섞을 때 써도 괜찮을 것 같

---

* 에도시대 이즈모 마쓰에 번의 번주였던 마쓰다이라 하루사토를 말한다. 에도시대 대표적인 다인(茶人)으로 알려져 있다. 그의 다풍은 '후마이류'로 이어져 내려오고 있다.

아. 부드럽게 휘어진 대나무가 시원스럽고 경쾌한 소리를 내며 볼 안에서 춤춘다고 생각하니, 더욱 물건이다 싶다. 이토록 절묘한 도구가 있다니, 한층 확신이 깊어진다.

"보테보테차 전용 차센을 사러 가자."

그렇게 해서 택시는 추적추적 내리는 빗속을 내지른다. 일곱 시에 닫는다는 마쓰에 시내의 차 도구 전문점을 목표로 우리는 목하 질주 중이다.

베이징 대수색망

저울 접시

"엄마, 이번엔 어떡할 거야?"

어떡하다니. 당연한 걸 왜 묻니. 다녀와야지. 반년 만에 가는 그리운 베이징인데.

"아니. 그걸 묻는 게 아니잖아."

그래, 그래. 나도 알아. 딸은 지금 '또 뭘 사올 생각!?'인지를 추궁하고 있는 것이다. 감히 나한테 그런 질문을 하다니. 드높은 하늘, 활짝 개어 상쾌한 가을의 베이징에서 '앗 이거야!' 싶은 만남이 없을 리가 없잖아.

"됐어. 어쨌든 간에 꼭 충분히 생각하고 사야 해."

아무렴. 그러고말고.

그렇게 건성으로 했던 이 대답은 베이징에 도착하자마자 곧바로 망각의 피안으로 밀려났다.

옛날 베이징의 정겨운 모습이 고스란히 남아 있는 후통(베이징 도심의 좁은 골목길)을 걷다가 들어간 사합원(중

정을 둘러싼 가옥과 높은 담으로 이루어진 전통적 주거형태) 양
식의 집 부엌에서 어떤 물건 하나가 느닷없이 내 눈을 사
로잡았다. 바로 둥근 만두 쟁반이었다. 거 봐, 이렇게 살
게 생기잖아! 심지어 지금은 조금씩 자취를 감추고 있는
수숫대를 엮어 만든 옛날식 만두 쟁반 '가이롄盖帘'이었
다. 가볍고 튼튼한 건 물론이고, 속을 감싼 만두피의 습
기를 적당히 날려 줘서 만두바닥이 질척이지 않는다. 이
또한 밀가루를 주식으로 하는 중국 북부의 생활습관이
만들어 낸 독자적 주방용품이다.

"부추가 들어간 만두는 특히 더 꼼꼼하게 빚어야 해요.
삶는 도중 하나라도 터지면 뜨거운 물이 탁해져 만두가
지저분해 보이거든요. 시어머니가 엄하게 가르쳐 주셨어
요."

그래서 만두피 안쪽으로 잘게 접어 빚는 옛날 방식이
탄생하게 된 거라고 말씀하시면서, 슈 아줌마는 바지런
한 손놀림으로 보리이삭처럼 이음매가 예쁜 만두를 차례
차례 '가이롄' 위에 올려놓았다.

이렇게 해서, 볼록 부푼 하얀 만두가 줄지어 놓인 이
'가이롄'이 내 쇼핑 리스트 첫 번째 줄을 장식했다.

여행이 잘 풀리려니 이렇게도 풀리는구나 싶었던 게,
그다음 날 방문한 부엌에 발을 들이자마자 또 다시 박수
갈채가 터졌다. 이날 방문한 곳은 자오리 공원 근처 장
씨 댁 부엌이었다.

도마 위에 이미 재료가 완벽히 준비돼 있었다. 다리가 세 개 달린 검고 윤이 나는 베이징 주물냄비가 화로 위에 떡하니 놓여 있었다. 왕의 품격을 뽐내며, 당장이라도 베이징 주부의 실력에 응해 주겠다는 풍정이다.

"오늘 메뉴는 구운 가지, 감자흑초볶음, 워쑨萵笋(상추 줄기)볶음, 강낭콩볶음, 채소완자튀김, 그리고……."

헉 그렇게나 많이!? 나도 모르게 뒤를 돌아보자 서글서글한 인상의 장 씨가 조용히 고개를 끄덕인다.

드디어 화로에 불이 붙었다.

가지를 볶다가 양념을 더한 뒤 휙 섞어서 접시에 담는다. 냄비를 쏴 씻어 이번에는 워쑨을 볶는다. 씻지 않은 그 냄비에 그대로 기름을 더해 강낭콩을 볶는다……. 냄비가 쉴 틈조차 주지 않고 노도의 기세로 상황이 척척 진행된다. 마지막으로 냄비에 기름을 한 번 더 듬뿍 두르고 채소완자튀김을 튀긴다. 후 하고 깊은숨이 절로 나온다. 요리 순서를 머릿속으로 완벽히 계산해 뒀다는 거잖아.

식탁에서 나는 다시 말문이 막혔다.

모든 요리의 식감과 맛이 완전히 달랐다. 간소한 볶음 요리인데도 맛 하나하나가 아삭하니 남다른 식감을 자랑한다.

어머나, 어쩌면 이렇게 솜씨가 좋으실까.

"남편이 고기를 안 먹거든요. 어떻게 하면 채소를 맛있게 요리할 수 있을지, 결혼 이후 30년 동안 다양하게 시도하고 연습했어요. 그렇죠?”

“제가 이론 담당, 아내가 실천 담당입니다.(웃음)”

베이징 여성의 내공을 엿보면서, 그와 동시에 부엌에서 새까맣게 빛나고 있는 냄비를 떠올린다.

사용한 지 20년 된 이 냄비는 기름이 스밀 대로 스며서 반들반들 윤이 났다.

“무슨 요리든 이걸로 해요. 쓰면 쓸수록 냄비에서 좋은 맛이 나거든요.”

맛있는 음식을 만드는 분이 어쩜 이렇게 말도 맛있게 하실까. 코크스와 쇠로 만들어진 이 중국 냄비는 이 지역이라면 어디서든 구할 수 있는 옛날 스타일의 무거운 냄비다. 그 냄비 표면에 20여 년이라는 부엌의 역사가 거듭되면서 사용한 사람의 맛이 배어나는 것이다. 베이징 맛의 핵심이 바로 지금 내 눈앞에 있다.

베이징은 소리의 울림이 아름다운 도시다.

행상인이 손님을 부르는 소리. 신문이 왔음을 알리는 큰 목소리. 그 소리에 포개어져 들리는 삼륜차와 자전거 벨 소리. 하지만 이 소리들은 상하이나 홍콩처럼 시끄러운 소리 안으로 결코 말려들지 않는다.

너글너글한 대륙의 공기 안, 돌 벽에 반사된 중국어의 울림이 마치 음악처럼 부드럽다. 예를 들어, 천안문에서 직선으로 뻗어 있는 쳰먼다제의 모퉁이를 꺾어 들어간 곳에 있는 셴위코우를 걷다 보면 갖가지 소리가 들린다.

음식을 사고파는 소리, 포장하는 소리에 자르고 볶고 먹는 소리가 더해진다. 이 길거리 음악에 오감이 뒤흔들리고, 그 상태로 이 골목 저 골목 쏘다니다 보면, 어떤 음식보다도 '군침 도는 주방 도구'의 모습을 발견하게 된다.

게다가 지난 방문 때 뜨거운 옛 사랑을 베이징에 두고 온 상태였다.

내 짝사랑 상대는 바로 시장이나 노점상, 찻잎을 파는 가게 등 베이징이라면 어느 가게에나 걸려 있는 저울 위의 법랑 접시다. 파란 저울 마크가 새겨진 그 소박한 접시를 처음 본 순간, 가슴이 욱신거렸다. 다리가 퉁퉁 부을 정도로 찾아다녔지만 아무 데서도 팔지 않았다. 몇 군데 물어봐도 돌아오는 대답은 딱 잘라 한마디였다.

"메이요没有(없어요)."

할 수 없이 떨어지지 않는 발길을 돌려 비행기에 올라탔다. 하지만 짝사랑에 대한 열정은 식지 않았다. 다시 걷게 된 이 거리 곳곳에서 사랑스러운 그 모습과 재회할 때마다 내 연심은 꼬깃꼬깃 어지러워졌다.

아, 내 사랑은 쟁반만이 아니다. 노릇하게 구워진 샤오빙烧饼을 집을 때 쓰는 긴 대나무를 구부려 만든 간편한 집게. 튀긴 요빙油饼을 건져 올릴 때 쓰는 철사를 거미집처럼 엮어 만든 뜰채. 따뜻한 두부에 걸쭉한 고기 고명을 얹을 때 쓰는 손잡이가 긴 국자. 철판 위 따닥따닥 얹어 놓은 군만두를 떼어 낼 때 쓰는 가늘고 긴 거대 주걱. 바

오쯔읜子 반죽을 납작하게 밀 때 쓰는 실패처럼 생긴 밀대. 다오샤오몐刀削面 반죽을 쓱쓱 깎아 냄비에 넣을 때 쓰는 납작한 손칼……. 하나같이 군더더기를 철저히 배제한 오로지 기능만을 위한 주방 도구로, 그 간소한 모양에서 베이징의 일상을 엿볼 수 있다. 버드나무 하늘거리는 고상한 봄에도, 귀가 떨어져 나갈 정도로 추운 겨울에도 늘 베이징 사람들의 배를 채워 준 그 압도적 존재감에 나는 완전히 매료되었다.

이것도 갖고 싶고, 저것도 갖고 싶어. 그것도 써 보고 싶어. 이 도구들을 능숙하게 쓸 수만 있다면, 베이징 뒷골목의 차원이 다른 맛을 나 또한 재현할 수 있지 않을까.

뭔가 먹기만 하면 갖고 싶은 게 생겨 손가락을 문다. 길거리에 서서 만두소 뜨는 나무 주걱을 넋 놓고 바라보는데, 내 시선을 눈치 챈 가게 아저씨가 우쭐해져서 어깨를 으쓱한다. 아저씨, 죄송해요. 제가 본 건 오른손에 쥐고 계시는 그 나무 주걱이거든요. 하지만 여전히 착각 중인 만두집 아저씨는 음흉한 눈길로 히죽 웃으면서 부추가 든 군만두 하나를 내밀었다.

"메이요, 메이요没有, 没有(없어요, 없어요)."

내 짝사랑은 점점 깊어졌지만, 그 파란 로고가 새겨진 법랑 쟁반은 이 가게에도 없다고 했다. 예전부터 갖고 싶어 하던 스테인리스 중화 칼(창업 350년 전통의 노포老鋪 '왕

마쯔’에서 겨우 19위안에 샀다!)도, ‘거미집 모양으로 뜬’ 뜰 채도 끝끝내 찾아냈는데.

여기엔 있지 않을까 싶어 찾아간 곳이 바로 국영 ‘베이징시 송문화시 일용잡화상장’이다. 베이징에서 없는 게 없다고 자부하는 곳이다. 지름 10센티미터 크기 무쇠 베이징 냄비와 종류별로 다양한 자렌炸鏈●도 여기서 찾았다. 징조가 좋다는 생각에 기분도 좋아졌다. ‘이 정도 규모면 분명 여기 있을 거야.’ 코를 킁킁거리며 넓은 가게 안을 둘러보았다. 앗, 역시 있어! 그 청초한 자태의 접시가 저울 판매 코너에 겹겹이 싸여 있었다. 야수처럼 포효하고 싶은 기분을 꾹 누르고 진열장에 가서 달라붙었다.

이, 이, 이것 하나 주세요.

국민복을 차려입은 매장 책임자 아주머니가 거침없이 말한다.

“저울이랑 세트로만 팔아요.”

“……”

그렇게 야박하실 것까진 없잖아요……. 베이징이 쟁반과 내 연심을 제멋대로 저울 위에 올려놓고 재미있어하고 있었다.

천 갈래 만 갈래로 찢어진 내 마음에 종지부를 찍어 준

● 기름이나 물에 살짝 담근 식재료를 건질 때 쓰는 구멍 뚫린 넓적한 국자.

건, 내심 기대하고 있었던 그날 저녁 약속이었다. 부엌칼을 찾으러 함께 다녀 준 롱치 씨 댁에서 저녁을 먹기로 돼 있었다.

베이징 주부들은 주로 어떤 냄비를 갖춰 놓고 사나요. 나는 거실에서 쌉싸래한 대추를 베어 물면서 롱 씨에게 물어보았다.

"볶음이나 튀김 요리에 쓸 무쇠냄비. 죽 만들 때 쓰는 알루미늄 냄비. 그리고 라오빙烙饼을 만들 때 쓰는 빙창饼铛(지짐판). 여기에 찜 냄비까지 네 개 정도 됩니다."

이 집에도 다리 세 개 달린 무쇠 베이징 냄비가 있었다. 롱 씨는 그 새까맣고 윤이 나는 무쇠 베이징 냄비로 껍질 있는 돼지고기 간장 조림을 만들기 시작한다.

"이 냄비로 해야 불이 고루 퍼져요. 무겁고 쓰기 불편하지만, 스테인리스나 알루미늄으로 한 맛과 비교했을 때 차원이 다르거든요. 볶을 때도 진득하게 조릴 때도 이걸로 해야 맛있어요."

그 옆에서 엄마 위란 씨가 납작한 무쇠 냄비를 꺼냈다. 라오빙을 굽기 위해서다. 밀가루로 만드는 라오빙은 베이징 식탁에서 빼놓을 수 없는 음식으로, 말하자면 두꺼운 크레이프라고 할 수 있다. 그런데 참 재미있는 게, 이 나라 저 나라를 돌면서 들었던 그 말을 위란 씨도 똑같이 하신다.

"이게 아니면 맛이 제대로 안 나요."

룽 씨가 곧바로 말을 보탠다.

"하지만, 어머니랑 똑같은 맛을 내려고 따라 해 봐도 그 맛이 안 나요. 아무리 노력을 해도 바삭한 층이 안 생기더라고요. 왜 이것만 그렇게 안 되는 건지, 참 이상하단 말이야."

라오빙은 볼에 밀가루를 넣고 이렇다 할 것 없이 후딱 반죽해서 앞뒤로 뒤집어 굽는 게 전부다. 하지만 예순여덟 살 위란 씨가 구운 라오빙을 반으로 갈라 보면 몇 겹이나 되는 얇은 층 사이로 뜨거운 김이 나오면서 결대로 찢어진다. 그 사이에 돼지고기조림이나 숙주볶음을 끼워 먹으면 얼마나 맛있는지! 제아무리 유능한 조리도구라고 해도 결국 '손'을 섬기는 하인이나 다름없다는 걸 새삼스레 깨닫게 된다.

한편, 내 짝사랑은 싱겁게 이루어졌다. 버스를 타고 지나가는데 창밖으로 허름한 법랑 전문점이 보이는 거다. 바로 뛰어 들어가 봤더니, 파란색 천칭 마크가 있는 그 접시가 먼지를 잔뜩 뒤집어쓰고 가게 구석에 산처럼 쌓여 있었다. 드디어 소원이 이루어졌다는 마음에서인지, 그 접시를 품에 끌어안자마자 온몸의 힘이 쭉 빠졌다.

하지만 얼마 지나지 않아 내 수색 욕구의 불씨가 다시 타오르기 시작했다. 어디를 가 봐도 그토록 원하는 수수만두 쟁반을 찾을 수 없었기 때문이다.

이 지칠 줄 모르는 여자는 마음속으로 되뇐다. 좋아,

또 올 거야. 양손 가득 물건들을 주렁주렁 거느린 나는
그렇게 초가을의 베이징을 뒤로했다.

토스카나의 산, 시칠리아의 바다

올리브 오일 병

어머나, 이렇게 박력 있고 자극적인 맛이라니! 토스카나의 엑스트라 버진 올리브 오일을 한 입 맛보면 혀에서 진한 맛이 팔딱 튀어 오르고 코에서 녹색 바람이 살랑인다. 있는 힘껏 나를 쓰러뜨리려는 듯한 강력한 직구 승부. "말하자면, 우리는 올리브 오일의 에덴동산에서 사는 셈이에요." 토스카나 사람들은 자랑스러운 듯 가슴을 쫙 편다.

광대한 언덕에 정연하게 늘어선 은빛 올리브 밭. 하늘을 향해 우뚝 솟은 실삼나무들. 눈앞에 끝없이 펼쳐진 토스카나의 완만한 구릉은 한 폭의 아름다운 그림 같다. 유명 와이너리의 와인 '키안티 클라시코Chianti Classico'의 산지이기도 한 피렌체에서 고도古都 시에나에 이르는 일대나 아르노강 유역까지. 이 땅에는 분명 올리브나무가 제 힘을 발휘하도록 도와주는 신이 깃들어 있을 것이다.

하지만, 이곳 올리브 오일의 탁월한 맛은 자연이 홀로 만들어 내는 게 아니다. 1996년에 제정된 원산지 보호 제품 표시DOP와 보호 지정 지역 표시IGP에서 토스카나산産 인증을 받으려면 엄격한 조건을 만족시켜야 한다. 수확에서 생산에 이르는 일괄 과정을 지역 내에서 행할 것, 수확 후 24시간 이내에 추출할 것, 산도를 비롯한 필요 품질 수준을 충족해야 함은 물론이고, 여러 명의 전문 감식단이 병에 따르기 직전, 토스카나산에 걸맞은 풍미와 맛을 가지고 있는지 일 년에 수차례 판정한다. 과연, 명실상부한 토스카나 오일은 기후 풍토와 인간이 만들어 낸 예술이라고 해도 과언이 아니다.

어느 날 오후, 나는 토스카나 북서쪽 루카 근교에서 광대한 농원을 운영하는 '푸비아노'의 식탁에 앉았다. 소박한 콩스프와 야채스프에도 어제 갓 짠 엑스트라 버진 오일을 듬뿍 넣었다. 그러자, 한바탕 바람이 불고 지나간 자리에 힘 있는 세련미가 생겨났다.

스푼을 쥔 손을 잠시 멈추고 이해하려고 한다. 이 심플함과 간소함을. 농장주인 안드레아스 남작 부부가 정성을 다해 키우고 수확해 짜낸 토스카나 오일에는 그 방울방울마다 오일에 대한 자신감과 자부심과 애정이 듬뿍 담겨 있다.

채소와 고기의 감칠맛이 내 미각에 묵직한 호소를 보낸다. 거기에 한껏 힘을 보태는 오일의 맛. 그 이상 무엇

이 필요하랴. 그 무엇도 필요하지 않다. 토스카나의 식탁에서 심플함의 진정한 의미를 배운다.

"만자레, 시뇨리나Mangiare, signorina!"

이곳은 시칠리아 북부 작은 항구도시 팔레르모. 해안에서 가까운 발라로 시장을 걷고 있는데, 어디선가 쉰 목소리가 들려온다. 이것 좀 먹고 가세요! 굳이 부르시기에 노인이 손짓하는 노점으로 부랴부랴 달려간다.

덥석. 데친 트리파tripa*를 끼운 파니니다. 먹다가 중간에 레몬을 쭉 짜고 올리브 오일을 듬뿍 뿌린다. 큰 입을 벌려서 다시 한 번 크게 베어 먹는다.

"부오노Buono!"

맛있다는 말을 몇 번이나 반복했더니 노인은 신문지를 접은 고깔 안에 소금에 절인 올리브를 듬뿍 담아 내민다.

시칠리아의 올리브 오일은 걸쭉하고 차지다. 햇볕 안에서 느긋하게 자란 관대한 맛이다. 토스카나산처럼 깔끔하고 딱 떨어지는 맛은 아니지만, 그 점 때문에 오히려 너글너글한 매력이 느껴진다. 그리고 또 하나, 미각을 세심하게 움직여 보면, 시칠리아 오일에서 시트러스나 그린 토마토의 상쾌한 풍미가 얼굴을 슬쩍 내비친다.

그런 풍미가 느껴지는 데에는 이유가 있다. 지중해의 온난함에 둘러싸인 이 섬은 레몬이 일 년에 세 번, 오렌

* 소의 위.

지가 일 년에 한 번 열매를 맺는다. 올리브 나무 근처에서 꽃을 피운 감귤류의 꽃가루가 올리브 열매를 맺을 때 중개 역할을 하기 때문에, 올리브 오일에서 은은한 시트러스 풍미를 느낄 수 있는 것이다.

올리브 오일은 그 땅에서 자란 재료와 만났을 때 최고의 상성을 보인다. 나는 그걸 시칠리아의 트라토리아에서 절실히 깨달았다. 갓 잡은 정어리나 청새치 그릴리아. 데친 문어. 펜넬과 오렌지 샐러드. 여기에 다소 점성이 있고 바다의 미네랄 성분을 충분히 머금은 토양에서 자란 시칠리아의 올리브 오일을 두른다. 같은 기후 풍토 아래에서 자란 식재료가 혀 위에서 서로 어우러져 부담스럽지 않게 하나가 되는 것을 느낄 수 있다.

부드럽고 따뜻한 태양의 향기, 일렁이는 바다의 너글너글함. 나는 시칠리아 자체를 온전히 내 배 속에 받아들였다.

이 섬의 올리브 오일은 미지의 가능성을 품고 있다. 올리브 열매 산출량은 국내 최고지만, 올리브 생산량이 평가되기 시작한 건 요 몇 년 사이다. 고대 그리스, 아랍, 스페인, 페니키아…… 침략의 역사를 거쳐 독자적 문화를 키워 낸 것처럼, 완고하고 한결같은 시칠리아의 영혼이 담긴 오일이 탄생할 날이 머지않았으리라 확신한다.

이탈리아 대지에 묵직하게 뿌리 내린 이래 백 년, 천 년을 살아온 올리브나무. 봄이 오면 어린 가지에 새를 쉬게 하고, 가을이 오면 가지가 휠 정도로 열매를 맺으며, 겨울이 오면 풍설을 견디며 쑥쑥 자라는 것으로 계절이 하는 일을 도왔다. 토스카나 언덕 위에 서서 그 나뭇결을 쓰다듬는다. 시칠리아 밭에 서서 저 멀리 신전을 바라보면서 고목에 몸을 기댄다. 하지만 바람은 태양을 향해 큰 팔 벌린 가지 사이를 살랑살랑 빠져나갈 뿐이다.

하지만 나는 알고 있다. 힘껏 짜낸 그 과즙 안에 고대부터 자라온 성스러운 나무의 생명이 넘쳐흐르고 있다는 것을. '오일'이라고 불리는 그것은 하늘이 주신 은혜, 순진하고도 무구한 자연의 선물이다.

사랑스러운 내 아이를 기르듯 나무를 기르던 사람들이 있었다. 그들은 흐뭇한 눈웃음으로 자신이 키운 오일을 당당하게 내민다. 그런 농원에서 직접 돌보고 기른 수많은 올리브 오일의 향이 그리고 맛이, 두꺼운 유리병 안에서 호흡하고 있다.

단 몇 방울만으로도 그 맛의 차이가 하늘과 땅이라는 것을 알 수 있다. 구운 채소에도, 생선에도. 내 앞에 놓인 한 접시에 마법을 걸고 싶다면, 올리브 오일은 매우 간단한 방법이 돼 줄 것이다. 소중하게 키워서 짠 엑스트라 버진 올리브 오일 하나면, 단지 그것 하나만으로도 식탁이 낙원으로 변하기 때문이다.

마룻바닥이 주저앉아도

도저히 못 참겠다. 아까부터 간장, 마늘, 참기름 양념 냄새가 복도를 따라 내 방으로 밀려오고 있다. 부엌에서 나는 냄새다. 하지만 지금 읽고 있는 이 책, 이 문장에 집중해야 한다. 그러나 점점 마음이 초조해지고 정신이 혼미해진다.

항복이다.

결국 읽다 만 책을 탁 덮고 부엌으로 성큼성큼 직행한다. 마치 냄비 속으로 빨려 들어갈 것처럼 달려가 뚜껑을 열고 홍수처럼 쏟아져 나오는 냄새를 가슴 가득 빨아들인다. 어쩜 이렇게 냄새가 좋을까. 핑계 김에 나무 국자로 냄비 안을 휘저어 부드러운 고기 조각을 한두 점 집어먹는다. 바로 이 맛이야!

지금 막 완성된 음식을 독차지하는 행운은 냄비를 책임진 사람만 누릴 수 있는 특권이다. 좋아, 오늘도 맛있게 됐어. 이 만족스러운 기쁨을 혼자서 느낄 때의 쾌감이라는 게 있다. 심지어 오랜 세월 아껴 쓴 가장 좋아하는 냄비로 만든 요리라면 그 기쁨은 이루 말할 수 없다.

도대체 냄비가 몇 개야? 이 질문을 받을 때마다 별안간 가슴이 두근거린다. 사실 나도 알고 싶지 않다. 물건은 되도록 적게, 짐은 간소하게. 맨몸으로 훌훌 움직일 수만 있다면 얼마나 홀가분할까. "그러니까 몇 개냐면⋯⋯." 빨개진 얼굴로 마음을 단단히 먹고 손가락을 접어 보지만, 금세 손가락 열 개가 다 차서 나 또한 동요한다.

사실, 냄비는 세 개면 족하다.

하나는 된장국 끓일 때 쓰는 가볍고 작은 냄비. 하나는 소송채와 유부 간장조림이나 생선 혹은 토란을 조릴 때 쓰는 지름 18센티미터의 조림용 냄비. 마지막 하나는 스튜나 소꼬리 등을 푹 익힐 때 쓰는 대형 냄비다. 하지만 알아도 소용없다. 이 세 가지 냄비 뒤로 줄줄줄줄. 그 행렬이 흡사 아시아 부엌살림 선발대회를 방불케 한다.

일단 전부 보여 줘. 집에 들이닥친 괴짜 친구가 요구하기에 선뜻 진영을 열어 보이자, 숨을 삼키며 중얼거린다.

"이 집은 도라에몽*의 주머니 같아!"

하지만 더 성가신 건 냄비가 몇 개냐 하는 문제가 아니

* 미래에서 온 로봇 도라에몽이 주인공인 후지코 F. 후지오의 SF만화. 도라에몽의 주머니에서 다양한 도구가 나온다.

다. 그런 건 찬장에 억지로 밀어 넣으면 되는 문제다.

진짜 문제는 다른 곳에 있다.

음식에 따라서 이 냄비가 아니면 절대로 나오지 않는 맛이 있다는 것이다. 이 냄비라야 먹을 수 있는 맛이 있다. 그렇기 때문에 냄비 하나하나가 내 손 안에 없으면 곤란하다.

지금 현재 우리 집 부엌에서 부글부글 뜨거운 김을 내뿜고 있는 '사궈沙锅'는 홍콩의 오래된 잡화점에서 발견해 데리고 온 물건이다.

활짝 핀 나팔꽃 모양을 한 '사궈'는 껄껄한 초벌구이 그릇 특유의 무정함이 느껴져서 볼 때마다 기분이 좋아진다. 다소 엉성하고 소박해 보이는 점도 마음에 들어서 단번에 마음을 빼앗겼다. 이 냄비로는 소고기무조림을 하고, 죽도 만든다. 돼지고기달걀조림은 너무 부드럽게 돼서 젓가락으로 가르면 허물어질 정도다. 이런 날에는 어쩐지 냄비 앞을 서성이는 횟수가 많아진다. 신이 나고 마음 설레서 냄비를 자꾸 건드리고 싶기 때문이다.

찌개를 끓일 때에는 한국의 옹기 '뚝배기'로 해야 한다. 은은한 흙냄새가 나는 이 냄비로 해야 투박한 옛날 맛을 그대로 낼 수 있다. 즉, '뚝배기'만 있으면 한국에서 먹었던 맛과 똑같은 찌개를 도쿄 우리 집에서도 맛볼 수 있다는 말이다. 또, 생선 한 마리를 물고기 모양 알루미늄 냄비에 통째로 집어넣고 갓이나 무와 함께 새콤한 스프로 끓여 내면, 방콕 야외 레스토랑의 그 떠들썩한 분위기가 다시 귓가에 울리는 듯하다 "이제 정말 보관할 곳 없어. 알지?" 내 이성이 아무리 그렇게 속삭여도 뜨거운 냄비를 둘러싸고 식탁에 앉은 그 따스함을 상상하면 도저히 참을 수 없어서 결국 새로운 냄비를 움켜쥐게 된다.

냄비를 둘러싼 즐거움에서 한없는 행복을 느끼는 건 비단 일본인뿐만이 아니다. 아시아 어디를 가 봐도 냄비 앞에 모여 앉아 있을 때만큼 마음 편한 순간이 없다. 냄비가 끓기를 기다리다가 후후 불어 먹는 순간, 어떠한 우울함도 깨끗이 사라지는 건 누구나 마찬가지다.

냄비는 우리가 불을 둘러싸고 앉아 있을 때 느꼈을 해방감을 일상생활 속으로 옮겨 주었다. 냄비를 둘러싸고 앉는 것을 통해 우리는 한때 모닥불에 손을 쬐던 원시의 시간을 공유하는 것이리라.

그래, 될 대로 되라지. 냄비 때문에 우리 집 마루가 주저앉는다면, 그건 그것대로 숙원을 이룬 걸 테니.

이곳 최고의 스프

살이 델 것 같은 뜨거운 수증기가 냄비 뚜껑 구멍에서 힘차게 뿜어져 나온 지 꼬박 세 시간. 이제 슬슬 다 돼 간다. 이윽고 벅차오르는 마음을 누르고 간을 본다. 음, 맛있다. 참 한결 같은 맛이다. 여러분, 크레송스프 다 됐어요!

나는 아무것도 하지 않았다. 크레송을 숭덩숭덩 썬 것이 고작이다. 닭 육수를 듬뿍 넣은 게 전부다. 그저 가스 불과 시간과 질냄비에게 뒷일을 맡겨 두었을 뿐이다.

홍콩에 사는 친구 조이스 집에서 저녁 식사 대접을 받기로 한 날, 식탁 한가운데에 대접이 턱 놓였는데, 그 안에 줄기째 끓인 크레송스프가 들어 있었다. 광둥 사람들은 입을 모아 말한다. "영양가가 높아요.""몸에 좋아요." 그것이 바로 크레송스프다.

한 입 머금자 스푼을 쥔 손이 멈춘다. 이렇게 맛있는

크레송스프는 처음이야. 도대체 어떻게 만드신 거지. 조이스의 할머니는 푸근하게 웃으며 의자에서 일어서서 부엌으로 가신다. 그리고 다시 돌아온 그녀의 손에 들려 있는 건, 바로 질냄비였다. 그 후에 나는 금방이라도 무너질 것 같은 변두리 잡화점에서 똑같은 냄비를 겨우 찾아냈고, 두 팔에 꼭 끌어안은 채 돌아오는 비행기에 올라탔다.

몸통이 볼록 부풀어 있는 이 냄비는 중국어로 사궈, 혹은 훠궈火锅라고 한다. 중국 전통 가정식의 맛을 그대로 계승해 주는 냄비다. 뼈 있는 돼지고기나 소꼬리, 혹은 생닭 한 마리, 두툼하게 썬 생선. 배추와 미나리. 당면과 두부…… 어떤 재료든 상관없다. 진득하니 불에 걸쳐 놓기만 하면 진하고 맛있는 스프가 완성된다.

사실 질냄비는 아시아 부엌의 비밀병기다. 흙을 잘 빚어 가마에 넣고 굽는 게 전부인 무정할 정도로 간소한 냄비가 질냄비다. 하지만 불 위에 얹어 놓고 뭉근한 요리를 만들어야겠다 싶은 날, 아시아의 주부들은 꼭 이 옛날 냄비를 꺼낸다. 참 신기하게도, 이 냄비를 불에 올려놓으면 시도 때도 없이 냄비 앞을 서성이고 싶어진다. 흙으로 빚어진 표면이 열을 제대로 흡수해 느리지만 확실한 불의 힘을 재료에 전달한다. 그렇게 맛을 하나로 모아가는 모습을 보면 자못 부엌일의 원점인 것 같아 매력을 느끼지 않을 수 없다.

"그러고 보니……." 조이스의 할머니가 뭉근하게 익은 기다란 크레송 줄기를 젓가락으로 집어 숟가락에 얹으면서 추억에 잠긴다. 그러고 보니, 옛날 상하이 길거리에는 질그릇 수리공이 참 많이 다녔어.

"부사궈, 부사궈补砂锅(질그릇 고치세요)!"

"아저씨, 여기 금이 갔어요. 고쳐 주세요."

부드럽게 반죽한 흙을 금 사이에 빈틈없이 바르고 가는 철사를 두 번 빙 둘러 꽉 조이면, 자, 다 됐습니다. 잘 말린 다음에 쓰세요. 여러 번 고쳐 쓰면서 연륜이 더해진 질냄비를 이렇게 해서 또 한동안 잘 쓴다. 이제 "부사궈!"라는 그리운 소리를 들을 수 없게 됐지만, 시대가 바뀌고 스테인리스와 알루미늄 냄비 천지가 됐지만, 그래도 조이스의 할머니는 최고로 맛있는 스프를 끓여야겠다 싶은 날, 꼭 질냄비를 꺼내서 불 위에 올린다.

다시, 사랑

대나무 찜통

지금으로부터 약 10년 전의 일이다.

솔직히 말할게요. 이제와 숨겨서 뭐하겠어요. 저는 대나무 찜통을 버린 여자예요. 오랫동안 그렇게 동고동락했던 찜통을요. 그토록 맛있는 걸 만들어 준 그 찜통을 말이에요.

"과거는 과거일 뿐이에요. 그렇다면 오늘이 맛있는 찜 요리를 재발견한 날이 되겠네요."

'아카사카 리큐'의 주방으로 나를 이끈 그녀의 눈이 반짝반짝 빛나고 있었다. 어느 겨울 날, 앞으로 무슨 일이 벌어질지 알면서도 뻔뻔하게 이곳을 찾은 나는 찔리는 마음에 괴로워하며 가게 문을 열고 들어갔다.

한편, 내가 대나무 찜통을 버린 이유는 이렇다.

지금도 잊을 수 없다. 지름 20센티미터짜리 중국산 2단 찜통이었다. 다른 문제는 차치하고, 이 찜통의 최대 단

점은 지름과 깊이 모두 어중간하다는 점이었다. 찜 요리를 하려고 해도 접시째 넣을 수 없었고, 찐빵을 찌려고 할 때도 세 개만 넣으면 찜통이 꽉 찼다. 심지어 수납 공간까지 많이 잡아먹었다. 결국 죄책감에 괴로워하면서도 눈물을 머금고 버릴 수밖에 없었다.

"이렇게 편리한 주방 도구 또 없어요."

주방에서 커다란 5단 나무 찜통이 하얀 김을 거침없이 내뿜고 있다. 요리장 단 히코아키 씨의 말에 나는 은밀히 동요했다.

"여하튼 이 대나무 찜통 하나만 있으면 스프부터 식사, 딤섬까지 다 만들 수 있다니까요."

큼직하게 썬 닭 가슴살과 말린 조개관자, 말린 표고버섯을 닭 육수에 넣고 맑게 찐 스프를 만들 땐 최고예요. 단 씨가 그렇게 말씀하시며 눈 깜박할 새 만들어 준 요리를 보고 '와아' 하는 소리가 절로 터져 나왔다.

시안위정러우빙咸鱼蒸肉饼이다! 홍콩 요리 중 가장 좋아하는 게 뭐냐고 묻는다면 망설임 없이 이걸 꼽을 것이다. 이 음식을 보니 기억이 한꺼번에 되살아난다. 대나무 찜통과 사이좋던 그 시절, 나도 이 음식을 부단히 만들었다.

대나무 찜통은 강한 수증기의 힘으로 가열 조리하는 주방 도구다. 열이 사방에서 한꺼번에 가해지기 때문에 음식이 포실하게 되고 영양소도 파괴되지 않는다. 감칠맛 또한 지킬 수 있다. 신기하게도, 대나무 찜통에 찌면 맛이 더 촉촉하고 깊어진다. 시안위정러우빙을 만들 때도 대나무 찜통에 찌지 않으면 절대로 이 맛이 나오지 않는다.

그 이유는 대나무 찜통이 대나무와 나무로 만들어졌기 때문이다. 금속 찜기로 찌면 뚜껑에 수증기가 맺히고 그 물방울이 식어 떨어지면서 음식이 질척해진다. 게다가 바깥 공기에 열을 쉽게 빼앗겨 내부 온도가 일정하지 않아진다. 하지만, 천연소재의 힘은 대단하다. 대나무 찜통은 대나무 껍질을 엮어서 만들었기 때문에 뚜껑 틈 사이로 수증기가 적절하게 빠진다. 뚜껑 내부에 두꺼운 종이나 무늬목으로 된 심이 들어 있는데, 이것이 수분을 흡수하기도 하고 내뿜기도 하면서 습도를 조절해 준다. 찜통 테두리도 여러 겹으로 빈틈없이 감겨 있어서 바깥 공기를 차단해 주고 그와 동시에 내부의 뜨거운 수증기를 놓치지 않는다. 새삼 다시 생각해 보니 정말 훌륭한 도구였구나…….

뜨끈뜨끈한 수증기 위에 '바보'라는 두 글자가 떠오른다.

"눌어붙을 걱정도 없고 좋아요. 너무 쪄지지 않도록 주의하기만 하면 되니까요."

중국 음식점 주방에서는 대나무 찜통을 담당하는 사람의 서열이 두 번째로 높다. 내부를 고온으로 일정하게 유지해 찌는 조리법이라서 절대 중간에 뚜껑을 열면 안 되기 때문이다. 즉, 요리를 하면서 상황을 확인할 수 없다는 말이다. 그만큼 숙련된 기술과 직감이 승패를 좌우한다.

"그래서 생선찜으로는 지방이 잘 안 빠지는 홍살치, 쏨

뱅이, 벤자리 같은 게 어울립니다.”

너무 찌면 끝이다. 생선살이 뒤집어지고 은은한 단맛도 날아가 버려서 푸석거리기 때문이다. 그래서 식탁에 올리기 직전까지 가열해야 하고, 프로는 그 시간을 정확히 계산해 불에서 내리는 대담한 기술까지 구사한다.

“그럼요. 시간을 정확히 가늠하는 게 최대의 요령입니다.”

중식 전문 요리연구가 다카시로 준코 씨 역시 그렇게 말했다. 뚜껑은 한 번만 열어야 해요. 여러 번 열었다 닫으면 습도가 내려가서 요리 맛이 점점 떨어지거든요. 그리고 찜통 밑에 있는 뜨거운 물이 마르지 않도록 유지해 줘야 하고요.

아아, 또다시 쓰라린 과거가 떠오른다.

고깃덩어리를 찌다가 냄비 안의 뜨거운 물이 어느새 전부 말라 버려서 냄비가 새까맣게 탄 적이 있다. 냄비는 못 쓰게 되고 찜통도 새까맣게 타 버렸다. 바보처럼 똑같은 실수를 몇 번이나 반복하는 동안, 틀이 다 타서 너덜너덜해진 것이다.

“그걸 방지하기 위해서라도 찜통 옆에다가 뜨거운 물을 항상 끓이고 있어야 해요.”

장시간 찔 때는 바로 옆에다가 주전자에 물을 끓인다. 그때그때 필요할 때마다 뜨거운 물을 보충해 주면 완벽하다. 그렇다고 물이 너무 많으면 찌려고 넣은 고기만두가 물에 잠겨서 만두피가 퉁퉁 분다. 그 광경이라면 나 또한 여러 번 경험했다.

대나무 찜통을 다 쓴 다음에는 절대로 씻으면 안 된다. 습기가 적은 곳, 이를 테면 냉장고 위에 잘 놓아두어야 한다. 그렇구나. 거기에 두면 건조도 잘 되고 자리도 차지하지 않을 거야. 꺼내기 쉽고 정리하기도 간편하고. 그만큼 찜 요리도 자주 할 수 있겠어……. 아, 그런 영리한 방법이 있었어.

"중국에서 튀김 요리와 볶음 요리는 음陰의 요리, 찜 요리는 물기가 많기 때문에 양陽의 요리에 속해요. 겨울에는 몸을 따뜻하게 하기 위해, 봄에는 겨우내 섭취했던 에너지를 밖으로 내보내고 피를 맑게 하기 위해서 가정에서도 찜 요리를 자주 해 먹습니다."

단 씨의 어린 시절에도 찜 요리 하나는 꼭 식탁에 올라와 있었다고 한다. 대나무 찜통을 사용하면 그만큼 몸에 좋은 요리가 늘어난다.

……역시 하나 사야겠어.

이렇게 해서 우리 부엌에 다시 대나무 찜통이 출현했다. 어두운 과거를 되살려서 큰 접시도 무난하게 들어가는 지름 30센티미터짜리다! 이야, 그날 이후 나는 지금까지 흘려보낸 세월을 단번에 메우려는 듯 대나무 찜통을 노도처럼 풀가동하고 있다. 시안위정러우빙을 했는데 얼마나 맛있고 반갑던지, 사흘 연속 만들고 말았다.

생캉탱의 도가니

'르크루제' 냄비

쭉 뻗은 고속도로 위, 나는 지금 생캉탱이란 마을을 향해 달리는 중이다.

생캉탱은 벨기에에서 그리 멀지 않은 프랑스 북부의 작은 마을이다. 이 마을에는 80년 전 불이 켜진 이후 단 한 번도 그 불씨가 꺼지지 않은 화로가 있다. 그리고 그 화로 안에서는 오늘도 주물 법랑 냄비가 생산되고 있다. 그 제품을 만드는 회사의 이름은 르크루제. 나는 이곳의 냄비를 벌써 20년이 넘게 사용해 왔다. 포토푀를 할 때, 채소스프와 무조림을 할 때도 꼭 이 냄비를 쓴다.

"봉주르bonjour!"

생캉탱은 작은 마을이라서 그 마을 사람들 모두가 르크루제 냄비를 사용한다고 들었다. 나는 해 질 녘 교회 종이 울리는 광장 모퉁이에서 윙크를 하고 지나가는 아저씨에게 물어보기로 했다.

“아저씨 댁에서도 ‘르크루제’ 냄비를 쓰세요?”

아저씨는 큰 팔을 벌리며 말했다.

“대여섯 개 있죠. 우리 집 냄비는 전부 ‘르크루제’예요. 카술레cassoulet(우엉과 양고기 조림) 만들 때 쓰면 최고지. 옆집도 마찬가지예요.”

정말 그랬다. 이곳은 냄비의 고장이다! 비행기로 열두 시간, 공항에서 차로 세 시간이나 걸려서 이 먼 곳까지 일부러 찾아왔다. 오길 정말 잘했어.

르크루제란 프랑스어로 도가니라는 의미다. 공장 안으로 발을 한 걸음만 들여놓아도 그 이름의 유래를 바로 이해할 수 있다.

80년 전 이곳에 설치된 거대한 화로. 활활 타오르는 그 화로 안을 들여다보면 쇠와 코크스가 새빨간 용암처럼 부글부글 녹고 있다. 하루에 5톤. 조그만 창문으로 들여다볼 뿐인데도 내 몸까지 주르르 녹아내릴 것 같다. 불의 혼돈 속에서 모든 게 탄생하는 것이다.

주물을 녹여 거푸집에 넣고 굳히면 이음매 없는 일체형 냄비가 된다. 이 냄비의 원형을 정성스레 연마하고 하나하나 나무망치로 두드려 보면서 이가 나가거나 금 간 곳이 없는지 거듭 체크한다. 마지막으로 그렇게 통과한 냄비에 세 가지 종류의 법랑을 순서대로 입혀서 마무리 한다. 그 모든 과정을 바로 앞에서 지켜보던 사람들 모두 어느새 말이 없어졌다. 헤드폰을 한 장인이 성형이 끝난 기본 냄비를 손에 들고 나무망치로 탕탕 내리친다. 둔탁한 소리가 나면 어딘가 금이 갔다는 증거다. 실격 처리된 기본형 냄비는 다시 화로에 넣어 녹여서 처음부터 다시 만든다. 통과한 냄비에 법랑으로 색깔까지 입히고 나면 모든 제품을 검품하는데, 그들의 날카로운 시선에 또한 번 눈이 휘둥그레졌다.

이곳에서는 화로에 코크스를 옮겨 넣는 사람도, 거푸집을 꺼내는 사람도 전부 자부심에 찬 장인의 얼굴을 하고 있다. 예전에도 그랬듯, 이곳의 냄비는 인간의 오감으로 만들어진다. 그것이 바로 르크루제가 전 세계 사람들에게 사랑받는 이유다.

수수께끼가 너무 쉽게 풀렸다. 하지만, 이 머나먼 마을까지 발길을 옮기지 않았더라면 이 수수께끼는 그저 수수께끼인 채로 남아 있었을 것이다.

나는 홀가분한 마음으로 이틀간의 짧은 체류를 끝내고 파리로 돌아왔다. 파리의 가을 하늘은 한없이 높았다. 낙엽을 바스락거리며 생제르맹 데 프레를 걸었고, 쇼콜라티에에서 산 쇼콜라를 입 안 가득 물고 카페에 앉아 문고본을 펼쳤으며, 구둣가게와 부티크에도 들렀다. 하지만, 날이 저물면 공기가 추워졌고 혼자라서 느끼는 외로움도 제법 깊어졌다. 기분 탓인지, 코가 간질간질한 게 꼭 감기 같다. 나는 눈앞의 오렌지색 간판을 보고 고향 생각이 나서 모퉁이 맥줏집에 뛰어 들어가 홍합찜과 화이트와인한 잔을 주문했다.

아아! 내 사랑 생캉탱이여! 뜨거운 김이 나는 홍합이 뜨거운 '르크루제' 냄비에 가득 담겨 나왔다.

맛있는 밥을 위해서라면

돌솥 1

"밥, 뭘로 지으세요?"

이런 질문을 받을 때마다 "뚝배기에 하거나, 가끔 돌솥으로 해요"라고 대답한다. 돌솥을 아는 사람은 "와"라고 반응하면서 "돌솥으로 하면 정말 맛있어요?"라는 질문으로 대화를 이어나간다. 반면에 돌솥을 모르는 사람은 "아……"라고 말끝을 흐린다. 도대체 그게 뭐지 싶어 머릿속이 복잡해져서 잠깐의 침묵이 찾아오는 것이다.

그때야말로 절호의 기회다.

"15분 정도 시간 있으세요? 제가 돌솥으로 밥해 드릴게요. 일단 드셔 보시면 아실 거예요."

그렇게 나는 들뜬 마음으로 서둘러 쌀을 씻는다.

한편, 한국으로 짧은 여행을 다녀온 친구들이 부리나케 전화를 걸어왔다. 나, 네가 가르쳐 준 대로 이천까지 가서 햅쌀밥 먹고 왔어. 그녀는 달뜬 목소리로 고백한다.

"이야, 교토 '나카히가시'의 밥에 필적할 만한 일품이었어!"

완전 동감이다. 옛날식 부뚜막에 도기 밥솥과 우물물로 짓는 '나카히가시'의 밥은 한번 맛보면 "어떻게 이런 맛이 나지!"라며 게걸스럽게 먹게 된다. 처음 '나카히가시'의 포럼을 가른 날, 나는 절제하지 못하고 밥을 네 공기나 먹어치웠다. 교토에 사는 친구는 일곱 공기를 먹어서, 내가 아는 최고 기록 보유자다. 아니, 그보다 더 높은 기록의 권위자가 있다는 소리를 언뜻 들은 적이 있지만.

교토 이야기는 이쯤 해 두고, 이천 이야기로 돌아가자. 서울에서 그리 멀지 않은 이천은 한국에서 으뜸가는 쌀의 고장이다. 도예의 고장으로도 알려져 있다. 한국인한테 이천에 다녀왔다고 말하면 하나같이 "거기 밥 훌륭하지?"라며 부러워한다.

이천에서는 그 특별한 밥을 돌솥에 짓는다.

뜨겁고 작은 돌솥이 한 사람 앞에 하나씩 나온다. 무거운 돌솥 뚜껑을 열면 말 그대로 하얀 쌀밥이 들어 있는데, 뾰족하게 솟은 밥알 하나하나가 반짝이며 윤기를 뽐낸다. 냄새가 아주 달고, 밥 위에 큰 알밤과 대추가 하나씩, 동그란 검은 콩도 몇 개 얹혀 있다. 자, 그럼 숟가락을 들어볼까…… 앗, 잠깐만! 일단 돌솥의 밥을 전부 대접에 옮겨 담아야 한다. 돌솥 표면에 눌어붙은 누룽지에 생수를 따르고 다시 뚜껑을 덮어 놓는다. 그리고 식사가

끝난 다음 천천히 열어 본다. 그러면 구수한 누룽지탕인 '숭늉'이 완성돼 있을 것이다.

이곳 이천에서는 씹으면 씹을수록 깊은 맛이 배어 나오는 이 돌솥 밥이 진정한 메인 요리다. 식후에 터질 것 같은 배를 쓱쓱 문지르면서 보리차처럼 구수한 숭늉을 홀짝이면 막걸리의 취기가 편안하게 가라앉는다.

이토록 행복에 겨운 쌀밥을 먹었는데, 돌솥이 갖고 싶어지는 건 당연한 결과다. 이천에서 서울로 돌아오자마자 돌솥을 사러 남대문시장으로 달려갔다. 가족 수대로 세 개를 샀더니 손이 저릴 정도로 묵직했다. 돌솥을 처음 쓸 때는 우선 설레는 마음을 달래 가며 소금물로 펄펄 끓여야 한다. 그러고 나서 그대로 식히면 준비 완료다.

햅쌀의 계절이 오면 조건반사로 이천이 그리워져 가슴이 욱신거린다. 이천에서 키운 쌀은 구할 수 없어도 돌솥만 있다면 누구에게도 지지 않는 밥을 만들 수 있다. 돌솥의 보온성은 최신 전기밥솥은커녕 일반 금속조차 못 당한다. 돌솥 자체가 흡사 열구熱球와 같아서 사방에서 엄청난 양의 열을 단번에 가한다. 쌀 1인분에 15분이 채 걸리지 않는다. 다 된 밥을 먹어 보면 촉촉하고 맛이 깊고 단맛이 두드러진다. 게다가 냄비 바닥에 식욕을 돋우는 바삭한 누룽지가! 물만 부으면 그리운 옛 한국의 맛, 숭늉이라는 덤까지 따라오는 것이다.

"나도 꼭 살래!"

이천에서 막 돌아온 그녀도 이번 주 일요일, 도쿄의 리틀 코리아타운 오쿠보에 가서 돌솥을 꼭 사겠다고 말했다.

델리의 색채

향신료 상자

과일 노점상을 하는 사티야지트 씨 댁 부엌은 현관문을 열고 들어가면 바로 오른쪽에 있다. 콘크리트 벽에 작고 네모난 구멍을 파서 만든 공간이 전부이고 문은 따로 없다.

"돈을 다 모으면 아내를 위해 부엌을 개축할 생각이에요."

세로 길이 불과 1미터, 너비 2미터 정도의 공간. 두 팔을 벌리면 손가락 끝이 양쪽 벽에 닿을 정도로 작은 부엌이다. 바닥에 3구 가스레인지가 한 대 있고, 오른쪽 안쪽 구석에는 큰 밀가루 포대와 반죽용 사발이 있다. 그게 전부다. 인도 델리 교외에 있는 가정집의 부엌은 지나치게 간소해서 오히려 속이 시원해질 정도다.

마치 공중전화 부스를 연상케 하는 그 상자형 부엌에는 붙박이 콘크리트 선반이 있고, 선반에 5인 가족 전원

의 그릇이 정리돼 있다. 지름 20센티미터의 접시들. 두 가지 종류의 작은 공기들. 키 작은 컵도 엎어져 있다. 갖가지 그릇이 인원수대로 빼곡하게 진열돼 있었고, 모두 스테인리스였기 때문에 선반이 아름다워 보일 정도로 가지런했다. 티끌과 먼지도 없거니와 쓰레기 하나 떨어져 있지 않았고, 음식 냄새나 기름때도 없다. 이 부엌은 어쩌면 이제까지 내가 본 전 세계 모든 부엌 중 '최우수 말끔 상'을 줘야 할 정도로 깨끗했다. 동시에 내 '이상적 부엌'의 모습과도 매우 가까웠다. 작고 깔끔하고 아담한 부엌. 이런 게 바로 궁극의 미니멀 키친이리라.

이렇게 정갈한 부엌을 꾸리는 사람은 과연 어떤 여성일까. 궁금증이 서서히 고개를 쳐든 바로 그때, 집 안에서 녹색 천을 몸에 두른 키가 큰 사람이 나타났다.

"제 아내 아피파입니다."

아피파는 새하얗고 건강한 치아를 살짝 드러내며 수줍게 웃었다. 시선을 뗄 수 없을 정도로 빛났다. 연두색 사리의 부드러운 주름이 아름다운 유선을 그리며 전신을 감싸고 있었다. 두 맨발의 복사뼈에 가느다란 금색 발찌가 걸려 있었고, 발가락에는 같은 패턴의 발가락지toe ring가 여러 개 끼워져 있었다. 그녀가 움직일 때마다 발찌가 찰랑찰랑 춤을 췄다.

"그럼, 어서 점심 준비를 하지."

사티야지트 씨가 고개를 끄덕이자, 그녀는 곧바로 부

엌 바닥에 털싹 주저앉았다. 공중전화 부스 같은 부엌이라서 그 앞에 한 사람만 앉아도 부엌이 가려진다. 나는 햇빛을 가리지 않도록 주의하면서 좁은 부엌 뒤에 서서 목을 빼고 그 안을 들여다보았다.

우선 프라이팬을 화로에 걸쳐 놓고 기름을 부었다. 작게 썬 콜리플라워와 감자를 넣고 휙 섞고 나더니 일단 일어선다. 그녀는 예의 그 찬장에서 어떤 물건을 꺼냈다.

노랗고 동그란 플라스틱 용기였다.

그녀는 다시 화로 앞에 앉아서 펑 하고 뚜껑을 열었다. 아, 이게 바로 사티야지트 씨 댁 향신료 상자로구나. 안을 들여다보니 같은 플라스틱 소재로 된 칸막이가 일곱 개 있고 칸마다 다른 향신료가 종류별로 들어 있었다. 커민cumin 가루와 씨, 코리앤더coriander 가루와 씨, 울금과 고춧가루. 마지막 한 칸에는 소금이 들어 있다. 그녀는 주걱으로 콜리플라워와 감자를 한번 섞더니, 왼손으로 향신료 상자를 집고 오른손으로 전용 티스푼을 집어 커민 가루, 코리앤더 가루, 고춧가루를 프라이팬 안에 척척 털어 넣었다.

열이 가해지자마자 향신료의 향이 콧구멍 속 감각을 힘껏 깨웠다. 커민의 향. 코리앤더의 향. 방 안이 향신료 냄새로 홍수를 이뤘고 이로써 사티야지트 씨 댁 현관 앞이 '점심의 무대'로 장면전환을 이뤘다.

내가 도쿄 집에서 사용하는 향신료 상자는 스테인리스

로 된 것이다. 델리 교외에 있는 이 가정집에서는 플라스틱 상자를 썼다. 어느 것이 어떻게 우수하고 얼마나 사용하기 편한지를 따질 여지도 없이, 그 노란색 플라스틱 상자는 이 집에 딱 어울렸다. 부드러운 다갈색 피부에 키치한 노란색 플라스틱이 왠지 잘 어울렸다. 두 색채의 레이어드도 아름다웠다. 결국 이렇게 매일 쓰면 쓰는 사람과 어울리는 물건이 되는 것이리라.

한편, 내가 가진 또 하나의 향신료 상자는 인도네시아 섬 어딘가에서 산 것이다. 삭도削刀로 파낸 열 몇 개의 네모난 구멍이 있고, 그곳에 내 액세서리를 하나씩 넣어 두었다. 말하자면, 이 향신료 상자는 머나먼 이국의 가정집에서 액세서리 상자로의 소임을 다하라는 운명을 타고난 셈이다.

그 아무 거리낌 없이 맑고 해바라기처럼 노란 향신료 상자. 발목에서 찰랑거리던 금색 발찌. 생기 있는 갈색 피부. 웃을 때 보이던 흰색 치아. 다갈색 커민. 갈색 코리앤더. 진홍색 고추……. 인도에서 돌아온 이후, 나는 도쿄 우리 집에서 향신료 상자를 집어들 때마다 델리 교외 가정집에 작렬했던 색채의 홍수를 떠올렸다. 그리고 그 색감이 내 눈 안으로 가득 들어올 때마다 아찔한 현기증에 사로잡혔다.

모레의 김치

김치를 살 때는 반드시 담근 지 얼마 안 된 것만 구입한다. 그러기 위해서는 팔림새가 좋은 가게, 즉 회전율이 빠른 가게를 찾아가야 한다. 내 단골 가게는 팔림새가 좋은 건 물론이고, 어머니들이 매일같이 배추더미와 씨름하는 걸 직접 볼 수 있다. 정성스럽게 담근 김치가 가게 앞에 죽 진열돼 있는데, 안 익은 김치와 익은 김치를 나눠서 판매한다. 그리고 나는 늘 감사한 마음으로 안 익은 김치를 고른다.

익은 김치를 사기엔 너무 아깝다. 배추김치 맛을 알면 알수록 더욱 그렇다. 지금 막 양념에 무친 배추는 익지는 않았어도 그만큼 배추의 아삭한 단맛을 맛볼 수 있다. 부엌에 들어가 '오늘 김치 잘 담가졌나' 하며 기대 반 걱정 반으로 간을 보는 어머니만 먹을 수 있는 맛이기도 하다. 또한, 안 익은 김치는 시간이 지나면서 서서히 유산균과

아미노산이 늘어나고 매운맛, 단맛, 짠맛이 복잡하게 뒤엉키면서 감칠맛의 보고寶庫로 변모해 간다.

담근 지 사흘 혹은 나흘 된 김치는 생김치 그대로 먹는다. 그러다가 일주일 정도 지나서 신맛이 늘어날 무렵이 되면 새로운 즐거움이 시작된다. 돼지고기랑 같이 볶는다. 김치볶음밥을 한다. 된장국에 넣어 칼칼한 매운 맛을 즐긴다. 깊은 맛을 갖추기 시작한 배추김치는 볶거나 끓이는 등 열을 가하면 놀라울 정도의 감칠맛을 발휘한다. 자, 그렇게 일주일 정도 더 묵히면 기다리고 기다리던 김치찌개가 등장할 차례다.

간은 좀 세지만 향이 좋은 한국 된장을 넣고 배추김치와 두부, 표고버섯을 더해 보글보글 끓인다. 뼛속까지 따뜻해지는 진한 김치찌개를 만들려면 잘 숙성된 새콤한 김치여야 한다. 일단 김치를 사면 보통 이런 방식으로 해 먹다 보니 시시각각 변화하는 김치 맛에 저절로 예민해질 수밖에 없다.

한편, 옛날에는 김치를 더 맛있게 해 주는 조연이 있었다. 바로 항아리다. 늦가을이면 한국에서는 배추김치를 대량으로 담그는 연례행사, 김장이 전 지역에 걸쳐 성대하게 치러진다. 김장철이 되면 커다란 독에 김치를 빼곡히 담아 입구만 남기고 북쪽 땅 속에 깊숙이 묻는다. 이 천연냉장고 안에서 배추김치가 천천히 숙성을 거듭한다.

하지만 냉장고가 등장하면서 일부러 큰 독에 김치를

담아 묻는 수고를 들이지 않게 됐다. 그리고 마침내 스테인리스 보존용기가 당연한 주방용품이 되었다. 냄새가 배지 않는다. 고추의 빨간 물도 들지 않는다. 그래서 나는 김치를 사면 이 스테인리스 용기에 넣어 뚜껑을 딸깍 닫아 보관한다.

항아리에 담근 김치와 스테인리스 용기에 넣어 냉장고에 보관한 김치 중 어느 쪽이 맛있는지 비교해 보자고 한들 아무 의미도 없다. 지금 우리의 생활 안에서 김치를 최대한으로 즐기면 그걸로 족한 것이다. 하지만, 오히려 그렇기 때문에 김치 맛의 섬세한 변화를 놓치고 싶지 않다.

중국 옛 시조 중에서 이런 구절이 있다.

"절물풍광불상대節物風光不相待."

시간이 지나면서 변화하는 것이 자연이라고 하지만, '지금 이 순간'이라는 움직이지 않는 순간도 있다는 뜻이다. 만물의 은혜에는 바로 '지금'이라는 결실의 시기가 있고, 우리는 그걸 놓쳐서는 안 된다는 의미다. 김치도 마찬가지다. 냉장고에서 김치를 꺼내 작게 썬 다음 한 조각 아삭 씹어 본다. 오늘, 바로 지금이기 때문에 맛볼 수 있는 맛이다. 이 순간에만 먹을 수 있는 오늘의 김치. 나는 혀 위에 온 신경을 펼쳐 놓고, '음, 이 정도면 일주일 정도 지나서 찌개를 끓이면 맛있겠다'며 입맛을 다신다.

전주의 보배

돌솥 2

잘 알려져 있듯이 돌솥은 돌솥비빔밥을 할 때 쓰는 그릇이다. 한국 전라북도 전주 명물인 돌솥비빔밥은 돌솥 없이 성립될 수 없다. 돌솥비빔밥은 밥 위에 채소와 해산물 등의 재료를 알록달록 화려하게 담아낸 음식이다. 애초에 '비빔'이 '섞다', '밥'은 쌀밥이라는 의미로, 간단히 말해, 여러 가지 재료와 쌀밥을 넣고 쓱쓱 비벼 먹는 한국 음식 중 하나다.

비빔밥은 극히 평범한 가정집에서 자주 만들어 먹는 간단 메뉴지만(나물만 있으면 너무나 간편한 일품요리입니다), 특별히 돌솥을 사용했다는 점이 전주에서 명물이 된 이유다. 밥과 각종 고명을 담아 돌솥째 화로에 얹어 가열하면, 뜨거운 돌솥 표면에 닿은 밥이 바삭하게 눌어붙는다. 그 밥을 숟가락으로 비벼 먹으면 바삭바삭한 누룽지가 치아에 닿으면서 고소한 향기와 맛이 입 안 가득 퍼진

다. 돌을 이만큼 절묘하게 이용한 요리를 세계 어느 나라에서 또 찾아볼 수 있을까.

"네? 집에서도 돌솥비빔밥을 해 먹을 수 있다고요?"

눈을 동그랗게 뜨며 놀라는 사람을 만나면, 나는 그 자리에서 돌솥비빔밥 전도사가 된다. 물론이죠. 이 돌솥만 있으면 밥과 나물을 담는 게 전부예요. 정말요? 상대방이 의심의 눈초리로 나를 바라본다. 정말 그게 전부라니까요!

다만 돌솥을 다룰 때 알아 두어야 할 몇 가지 순서와 요령이 있다. 돌솥 전도사로서 입에 거품을 물며 토해 낸 팁을 여기 그대로 수록할 테니, 돌솥을 사용할 때 참고하기 바란다.

먼저, 돌솥을 사면 커다란 솥에 물과 소금을 듬뿍 넣은 다음, 돌솥을 그 안에 담그고 불을 켭니다. 네, 30분 정도가 좋겠네요. 서울 남대문시장 주방용품 판매장에서 들은 바에 따르면, 이렇게 하면 돌 안에 섞여 있는 불순물을 제거할 수 있다고 해요. 불을 끄면 그대로 식힌 다음, 꺼내서 냄비 표면에 기름을 바릅니다. 부직포 같은 데에 식용유를 묻혀서 냄비 안쪽과 바깥쪽 모두 빈틈없이 바릅니다. 그럼 기름이 닿은 부분부터 검게 변색될 거예요. 기름을 바르는 이유는 돌 표면의 입자를 코팅하면서 강화하기 위해서예요. 조미료가 지나치게 배어드는 걸 방지하는 동시에, 점도를 높이는 효과도 있죠. 또 누룽지가 잘 떨어지게 해 주고요. 이걸로 사전 준비는 완료입니다.

이런 과정을 모두 거친 다음, 본격적으로 돌솥을 사용하실 때 꼭 지켜야 하는 게 있어요. 바로 급격한 온도 변화를 주지 않을 것. 급하게 고온으로 가열하거나 뜨거운 돌솥에 갑자기 찬물을 뿌리는 건 절대로 안 돼요. 열을 가할 때는 중불에서 고온으로 올리고, 식힐 때는 저절로 온도가 내려가도록 그대로 둡니다. 돌이 깜짝 놀라지 않게 말이죠.

그다음엔 그저 맛있어, 맛있어 하며 입맛을 다시면서 드시면 됩니다. 단점이라면 무겁다는 것 정도일까요. 하지만 그 단점을 채우고도 남을 맛을 낸다는 것을 제가 보증하겠습니다.

아무튼, 전주비빔밥은 호사의 극치다. 콩나물, 숙주나물, 표고버섯, 고사리, 무채, 밤, 도라지, 호두, 은행, 당근. 미나리와 시금치 같은 초록 나물을 올리고, 가운데에 달걀노른자와 묵 또한 빼놓으면 안 된다. 마지막으로 소고기 육회나 소고기 고명을 얹고 고추장을 듬뿍 넣어 숟가락으로 쓱쓱 비빈다.

아아, 도저히 못 참겠다. 돌솥 없이 못 산다고 해 놓고 전주에 한 번도 가 본 적이 없다니, 말이 안 되지. 그래서 2주 뒤, 먹보 친구들과 함께 전주에 가서 먹고 오기로 했다.

돌고 돌아 만난 길의 끝에서

덴마크는 겨울에 기온이 뚝 떨어지기 때문에, 난방기구가 딱히 없던 시대에 지어진 집을 보면 창문이 두꺼운 이중창으로 돼 있다. 냉기가 들어오지 않도록 하기 위해서다. 그리고 바깥쪽 창문과 안쪽 창문 사이에 틈새가 있는데, 그곳에는 틈새에 꼭 들어맞는 두께의 납작한 물병이 놓여 있다고 한다.

이런 이야기를 들으면 이내 초조해진다. 대체 어느 정도 크기의 물병일까. 유리일까. 손잡이는 어느 정도의 두께일까. 덴마크 여행에서 돌아와 이 이야기를 해 주면서, 다무라 씨는 "덴마크에서도 이제는 골동품 가게 아니면 찾을 수 없는 물건이었어요"라고 말했다. 팽창하는 상상력 덕분에, 본 적도 없는 물병의 아름다움이 눈에 선했다. 이제껏 아시아 여행만 다녔는데, 덴마크 한번 가 볼까!

주방용품이라는 건 눈으로 보고 나야 비로소 납득하

고, 사용해 보고 나서야 비로소 이해할 수 있는 것이다. 가느다란 나무 봉이 다닥다닥 붙은 파스타용 주걱이란 걸 처음 봤을 때, 이상하게 생긴 물건도 다 있네 싶었지만, 시험 삼아 써 보고 깜짝 놀랐다. 그 가는 봉에 스파게티가 제대로 얽혀서 빠르고 정확히 뜰 수 있었기 때문이다. 스파게티를 뜨는 게 재미있어질 정도였다. 감자 칼보다 부엌칼이 훨씬 빠르다고 무시했는데, 막상 연근이나 고구마를 깎아 봤더니 페티 나이프보다 훨씬 빨랐다. 깎인 껍질 두께가 일정해서 버리는 부분도 없다.

꽤 오래전, 서양에 치즈 강판이라는 주방 도구가 있다는 이야기를 처음 듣고 오로지 치즈만 갈기 위해 도구를 또 늘려야 하냐며 부아가 치민 적이 있었다. 그리고 내 딴에는 머리를 써 보겠다고 대안을 짜냈다. 혼자 살기 시작한 대학생 때부터 쭉 써 오던 울퉁불퉁 알루미늄 강판을 꺼내 생치즈를 갈아 보기로 한 것이다.

아, 그때를 생각하면 지금도 분하다. 쓱쓱 갈려서 쾌재를 불렀……어야 했는데, 막상 해 보니 치즈가 강판 표면에 들러붙어 갈리지 않았다. 손에 쥔 치즈는 점점 작아졌지만, 갈려야 할 치즈가 갈리지 않는 비참한 상황이 내 눈앞에 펼쳐졌다.

그때서야 비로소 치즈 강판에 난 '구멍의 의미'를 이해했다. 여기서 치즈를 '갈다'라는 말은 사실 '잘게 깎다'라는 의미다. 언어의 번역 매직에 깜박 속아 넘어간 것이다.

이렇게 해서 나는 주방용품이란 내 손으로 직접 쥐고 써 보지 않으면 끝내 아무것도 알 수 없다는 사실을 배웠다. 시행착오도 하고 볼 일이다.

이후, 치즈 강판을 여러 개 모았다. 손잡이를 쥐고 돌돌 돌려서 깎는 그레이터grater도 하나 샀고, 수도사의 머리라는 뜻의 치즈 '테트 드 무안Tête de Moine'을 꽃잎처럼 얇게 깎아 주는 도구도 재미있게 사용하고 있다. 하지만, 결국 가장 자주 쓰는 것은 깎자마자 치즈가 통 안으로 바로 떨어져서 보관이 편한 물건이었다. 이 도구로 치즈를 갈면 자잘하게 깎인 파편 하나까지도 테이블에 흘리지 않을 수 있다.

하지만, 나는 그 이후 한 단계 더 나아가 이런 생각을 하게 됐다. 남은 치즈를 그대로 보관할 수 있도록 치즈 강판에 뚜껑이 달려 있다면 더 완벽할 텐데. 넉넉하게 갈다 보면 어쩔 수 없이 조금 남기 마련이다. 그 남은 치즈를 똑 부러지게 다 쓰고 싶다. 그래, 용기에 뚜껑이 있다면 풍미와 향기 모두 지킬 수 있을 거야. 그런 편리한 도구가 분명 어딘가 있을 텐데.

아직 만난 적은 없지만, 내 마음을 꽉 움켜쥘 만한 물건이 반드시 있을 것이다. 만일 그것을 만난다면 오래도록 두고 쓸 것이다. 동쪽으로 가든 서쪽으로 가든 주방용품 매장을 어슬렁거릴 때의 내 눈은 부끄러울 정도로 반짝거린다.

손님을 고르는 냄비

질냄비

준비할 재료는 뼈 있는 양고기, 방울토마토, 페코로스 그리고 크레송 한 다발. 그다음에는 풍미 좋은 올리브 오일과 소금, 후추. 이 정도만 있으면 재료 준비는 끝이다. 여기에 맛있는 레드와인과 빵, 그리고 몇 가지 치즈를 곁들인다면 더 이상 무엇도 필요 없다. 뭔가 부족할 것 같다 싶으면 야채스프라도 만들어 둘까.

이 정도만으로 이렇게 기뻐해 주시다니, 오신 분들에게 오히려 내가 감사드리고 싶을 정도다. 그리고 보이지 않는 곳에서 주역을 톡톡히 해 준 물건이 있다. 바로 암석처럼 두꺼운 이가伊賀의 흑냄비黑鍋다.

요즘 나는 손님을 대접해야 할 때, 냄비에 의지한다. 앗, 여기서 냄비란 냄비 요리를 말하는 게 아니다. 조리 도구 '냄비'를 말한다.[*] 중국에서 사온 전골용 질냄비와 조림용 냄비, 한국의 돌솥, 프랑스의 주물냄비, 도예가가 만든 파에야용 질냄비……. 말하자면, 나는 무엇을 골라야 할지 모를 정도로 냄비가 많은 냄비 부자다. 주위 사람이 혀를 내두를 정도다. 오늘은 무슨 냄비로 요리할까. 손님들의 얼굴을 상상하면서 그 자리와 어울리는 냄비를 선택하면 저절로 오늘의 메뉴가 정해진다. 사실, 냄비를 고르는 이 단계가 매우 즐겁다.

한편, 이가에서 만드는 이 흑냄비는 교토의 유명한 자라탕 노포에서 쓰는 냄비와 같은 것이기도 하다. 많은 사람 앞에 내놓아도 주눅 들지 않고 당당하게 제 역할을 해낸다. 그 압도적인 박력이 이목을 집중시킬 만한 존재감을 드러내고, 불 위에 올려놓아도 불의 기세에 절대로 눌리지 않는다. 이 정도의 힘을 갖춘 냄비가 달리 있는지 모르겠다. 어쩌면 이 냄비는 냄비를 만든 도라쿠가마土楽窯의 후쿠모리 마사타케 씨의 분신과 같은 존재 아닐까. 이 흑냄비는 냄비의 모양을 하고 있지만, 냄비의 범주를 뛰어넘었다.

냄비의 두께는 무려 2센티미터 이상이다. 불에 올릴 때, 처음에는 중불로 시작해 점점 불을 세게 한다. 마지막에는 볶음 요리를 할 때와 마찬가지로 최대 1,000킬로칼로리의 화력까지 끌어올린다. 그러면 어느새 냄비가 불덩이가 되고, 가까이 가면 얼굴이 빨갛게 달아오른다.

● 일본어 '鍋(나베)'는 냄비와 냄비 요리, 두 가지 뜻이 있다.

이 정도까지 달궈지면 준비 완료다. 이제는 아껴 두었던 올리브 오일을 두르고 소금 후추로 밑간한 양고기를 얹으면 된다. 그 뜨거운 열 바위 위에서 고기가 지글지글 커다란 소리를 내기 시작한다. 곧바로 표면이 단단하게 구워지기 때문에 풍부한 육즙이 밖으로 새지 않는다. 적당한 때를 가늠해 미리 데쳐 놓은 페코로스를 넣고, 고기가 다 구워지면 방울토마토와 크레송을 곁들인 다음 질질 끌지 않고 바로 먹기 시작한다.

이 흑냄비로 고기를 구울 때는 우물쭈물해선 안 된다. 한순간의 배려나 양보가 음식 맛을 앗아 가기 때문이다. 앞다투어 게걸스럽게 먹어야 한다. 아시겠죠? 그래서 냄비는 손님 얼굴을 떠올리며 신중하게 골라야 한답니다.

냄비가 그날의 손님과 요리를 정한다. 개성 강한 냄비일수록 더욱 그렇다. 그래서 재미도 있고 요리도 잘되는 이 흑냄비를 도저히 내려놓을 수가 없다.

한편, 가마 옆에 있는 후쿠모리 씨 댁 안채에서 화로를 끼고 앉아 이야기를 나누는데, 후쿠모리 씨가 하하하 웃으며 하신 말씀이 있다. 나를 전전긍긍하게 만든 한마디다.

"질냄비는 '이제 쓰기 편해졌다' 싶을 때 깨지는 물건이랍니다."

파리의 벽에 난 구멍

만두틀

파리에서 유학할 때 있었던 일입니다. 벌써 30년도 더 된 일이죠. 지극히 수수하고 풋사과 같았던 청년 시절 이야기를 해 드릴게요.

파리에 도착하고 며칠 지났을까. 이곳에서 5년이 넘게 빈둥거리며 사는 친구가 있어서 그가 안내하는 대로 따라 나섰어요. 다 놀고 돌아오는데 그 녀석이 "친구, 내가 좋은 곳 알려 주지. 꼭 가 봐"라면서 종잇조각에 익숙한 손놀림으로 주소 하나를 써 주는 겁니다. 뭐냐고 물었더니 일단 넣어 두라는 말만 되풀이했습니다. 뭐, 남는 건 시간밖에 없는 여행자였던지라, 다음 날 그 종잇조각을 주머니에 쑤셔 넣고 외출을 했습니다.

주소를 따라가 보니 도쿄로 치면 가스미가세키霞が関와 같은 관청가 구석 뒷골목이 나왔습니다. 번지에 적힌 집을 찾아냈는데, 낡은 집 나무 문이 굳게 닫혀 있더군요.

초인종을 누르자, 방범창이 달린 작은 창문 틈으로 저를 지켜보던 누군가가 어둠 속에서 "이름이 뭐요? 누구 소개로 오셨소?"라고 물었습니다. 어제 만난 친구 이름을 댔더니, 순간 숨소리가 들리고 무거운 문이 끼익 열렸습니다.

집사로 보이는 중년 남자가 안쪽 계단으로 내려가고, 잠시 후 은발의 풍채 좋은 마담이 그 계단을 따라 올라왔습니다. 이러저러한 이유로 여기를 방문했다고 말했더니, 그녀는 "아, 당신이군요. 이쪽으로 오세요"라고 저를 재촉했고, 저는 그저 뒤를 따라갈 수밖에 없었습니다.

반들반들 검게 빛나는 손잡이를 따라 2층으로 올라갔더니, 평범한 응접실이 나왔습니다. 그 안쪽 문을 빠져나가자, 구조가 어떻게 돼 있는 건지, 긴 복도 옆으로 작은 방들이 죽 있었습니다. 마담이 그중 방 하나를 열고 들어가기에 저도 일단 따라 들어갔습니다. 그런데 이상하게도 마담이 벽을 향해 서는 것 아니겠습니까. 무슨 영문인지 도통 모르겠다는 생각에 점점 불쾌한 기분이 들었습니다. 결국 발길을 돌리려고 하는데, 그 순간, 마담이 벽에 걸린 고블랭gobelin* 으로 된 덮개를 들췄습니다.

그 순간, 앗 하고 숨을 꼴깍 삼켰습니다. 고블랭 천 뒤에 작은 창문이 하나가 나 있었는데, 그 창문으로 옆방

* 여러 색깔의 실로 무늬를 짜 넣은 장식용 벽걸이 천.

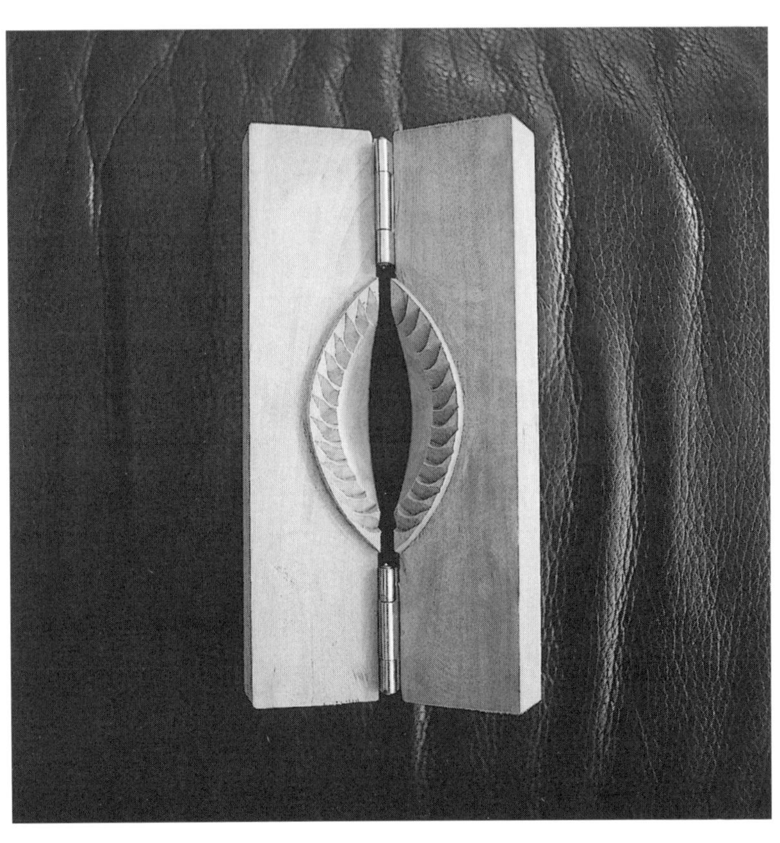

의자가 보였어요. 그런데 글쎄, 그 옆방에서 승복을 입은 스님이 속옷차림을 한 젊은 여자 발밑에 꿇어앉아 있는 것 아니겠습니까. 심지어, 젊은 여자가 신발로 스님의 대머리를 탁탁 때리면서, 이따금 뭐라 형용할 수 없는, 뭔가에 취한 듯한 신음소리를 내는 겁니다. 마담은 저를 보며 태연하게 말했어요.

"저 스님은 여기 올 때마다 '이런 곳에 있으면 안 된다' '이런 일 그만둬라' 설교를 하시면서, 마지막에는 꼭 저러신다니까요. 뭐, 여긴 대략 이런 분위기예요. 열쇠 빌려 드릴 테니 마음 내키실 때 오세요."

친구와 마담의 관계도 궁금했지만, 그것보다도 옆방에서 반복되는 그 광경에 훨씬 흥미가 생겼습니다. 그래서 그다음 날부터 열심히 다녔죠.

이야, 멋지고 예쁜 여자들만 모여 있더군요. 최상급 고객은 변호사와 정치가였습니다. 아니요, 말도 안 돼요. 저 같은 사람은 가끔 마담이나 여자들한테 쇼콜라나 꽃을 사 가는 정도였죠. 그런데 무슨 이유에서인지, 모두가 저를 너무 좋아하는 겁니다. 법률 공부를 하고 있다면 금 감정도 할 수 있지 않느냐며, 여기 경리로 일하지 않겠냐고 권유할 정도였습니다. 그때 파리 고급 환락가의 경리 담당이 됐다면, 지금쯤…… 하하, 상상만 해도 기분 좋아지는데요.

네, 언제까지 다녔냐고요? 한 달 동안 매일같이 벽에

난 구멍을 들여다보다 보니까 어떤 깨달음의 경지에 도달했습니다. 성性이란 각자 모두에게 다른 의미로구나. 그리고 사람이라면 누구나 타인이 알지 못하는, 아무에게도 알리고 싶지 않은 비밀을 가지고 있구나. 파리의 가스미가세키에 있는 어느 집 벽 너머의 방을 들여다보면서, 풋사과 같던 저는 인생의 심원을 깊이 깨우쳤습니다.

까맣게 잊고 있었던 지인의 이야기가 떠오른 이유는 누군가 홍콩에서 기념품으로 사다 준 나무 만두 틀을 보고 아리타 군이 "어, 이거 좀 야하네"라며 히쭉 웃었기 때문이다. 그의 말을 듣고 이걸 만두틀로만 봐 왔던 내 빈곤한 상상력이 분하게 느껴졌다. 파리 벽에 난 구멍이 바로 옆에 있는데도 들여다보지 못한 꼴이다.

그건 그렇고, 손에 익지 않은 도구를 쓰느라고 애쓰는 시간에 손으로 평균 다섯 개는 빚고도 남으니, 이 귀한 홍콩의 기념품은 끝내 한 번도 제 역할을 하지 못했다.

산호 젓가락받침의 경우

사실 젓가락받침은 부엌에서 씻을 때가 가장 즐겁다. 손바닥으로 굴리고 문지르면서고. 작고 아기자기한 물건을 보면 손바닥 위에 얹어 놓고 옳지, 옳지 하며 쓰다듬고 싶어진다. 그중에서도 산호 젓가락받침은 귀까지 즐겁게 해 준다. 가벼운 소리가 서로 부딪히면서 남쪽 섬의 파도소리가 귓가에 울리기 때문이다.

이 젓가락받침은 태국 푸껫 섬 해안에서 주운 산호다. 모자와 선글라스가 없었으면 곧장 정신을 잃을 것 같았던 40도의 염천炎天. 멍하니 발밑의 모래톱을 바라보다가 참으로 맥락 없는 생각이 번뜩 들었다. '발밑에 굴러다니는 이 산호, 젓가락받침으로 쓰면 좋겠다.'

이른 봄에는 작은 매화나무 가지, 4월에는 벚꽃나무 가지로 젓가락받침을 만들곤 했다. 작은 꽃봉오리나 꽃을 꽂꽂이할 때, 적당한 줄기를 뽑아서 마음 가는 대로 가위

로 잘라 만들기도 한다. 봄에는 구로모지黑文字[*], 여름에는 큰고랭이가 적당하다. 한겨울에는 못 다 핀 딱딱한 꽃봉오리가 달린 동백나무 줄기를 이용한다. 이렇듯, 쉽게 구할 수 있는 소재로 내 마음 가는 대로 젓가락받침을 만들어 왔기에, 바닷가 하얀 산호가 젓가락받침으로 보인 것도 이상할 것 없는 일이었다.

일본인에게 젓가락은 신과의 교제를 위한 도구다.

원래 젓가락은 온갖 신에 가까운 신성한 존재인 것이다. 진귀한 산해진미를 소중히 젓가락으로 집어 올려 입으로 가져간다. 젓가락이 만물에 깃든 신과 사람을 매개해 주는 것이다.

그래서 일본인은 젓가락에 특별한 감정을 담는다. 젓가락을 쥔 채 망설이는 것, 식사 중에 젓가락을 빠는 것, 여럿이 먹는 음식을 개인 젓가락으로 덜어 내는 것은 금물이다. 게다가 사용한 젓가락을 남에게 쓰게 하는 것도 금기에 해당한다. 자신의 젓가락으로 손댄 음식은 타인에게 이미 부정不淨하기 때문이다. 이것은, 마치 유전자에 새겨져 있는 것처럼 일본인의 뼛속까지 스며들어 있는 생리적 감각이다.

젓가락받침은 말하자면 성스러운 도구를 더러움으로부터 지켜 내기 위한 물건이다. 생활 속에서 개인 밥상이

---

[*] 녹나무과의 낙엽관목.

사라지고 식사 도중 젓가락 내려놓을 곳이 사라지자, 누가 생각해 냈는지 젓가락 받침이 일본인의 식탁에 모습을 나타내기 시작했다.

젓가락을 쉽게 할 수 있다면, 뭐든 젓가락받침이 될 수 있다. 하다못해 갓길에 굴러다니던 돌멩이나 나뭇가지도, 검푸른 대해에서 밀려온 산호라고 해도 말이다. 그리고 그 반대도 가능하다. 예를 들어, 나는 여러 개의 젓가락을 물속에 담가 꽃꽂이용 침봉으로 쓰기도 한다. 삼라만상에 깃든 온갖 신들도 의외로 매우 기뻐해 주실 것 같기 때문이다.

사람 손에서 태어난 꽃

마음에 스미는 그릇을 만나는 때가 있다. 다른 누군가에게 아무것도 아닌 그릇일지라도, 나에게만은 비범한 분위기를 풍겨서 성큼성큼 다가가게 만드는 그릇. 그래서 어느새 정신을 차리고 보면, 손바닥으로 그릇을 감싸 안고 있다. 마치 꿈에 그리던 물건을 겨우 만난 것처럼.

같은 아시아 하늘 아래 살다 보면, 우연히 그런 그릇과 만나게 될 때가 많다. 서울 골동품가게 앞 진열대에 쌓여 있던 그릇 더미에서 찾은 이조백자 밥공기, 라오스와 태국 국경의 노점상에 진열돼 있던 꽃무늬 청자 대접시. 홍콩의 백화점 구석에서 두꺼운 먼지를 뒤집어쓰고 있던 깨끗하고 간소한 호타루데 기법*의 백자 세트. 그리고,

---

* 성형한 도자기에 투각으로 무늬를 내서 초벌구이를 한 다음, 반투명하고 점성 있는 유약으로 투각한 부분을 메워서 굽는 기법이다. 완성된 도자기에 불빛을 비추면 투각한 문양이 은은하게 드러난다.

그리고 또, 또…….

여행 한 번에 한 번씩 쿵 소리를 내며 사랑에 빠지는 그 행복한 순간은 언제나 뜻밖에 찾아온다.

베트남에서도 그랬다. 그날 나는 공복을 움켜쥐고 호찌민의 동코이 대로를 비틀비틀 걷고 있었다.

따르릉, 따르릉. 건너편에서 벨을 울리며 자전거 한 대가 다가온다. 뒷좌석 유리장 안에 고이꾸온gỏi cuốn을 가득 실은 걸 보니 고이꾸온 파는 자전거 장사꾼이다. 아줌마, 저도 하나 주세요.

앗! 비닐봉지가 아닌 작은 접시에 담아 주는 것도 놀라웠지만, 그 접시를 보고 나도 모르게 숨을 삼켰다. 접시 표면에 발린 걸쭉하고 부드러운 유약에, 푸른 귀얄무늬. 그 그릇과 선명한 대비를 이루는 라이스페이퍼의 흰색. 그 안에서 은은히 비치는 새우의 빨간색. 직선으로 힘껏 뻗어 나온 부추의 초록색. 어쩌면 이렇게 포토제닉하고 아름다울까.

나는 그 자리에서 얼어붙은 채, 이 접시 위에 갈색으로 구운 토스트와 오믈렛, 아니면 냉두부나 시금치 참깨무침을 올린 모습을 상상했고 그럴 때마다 꿀꺽 침이 넘어갔다.

마지막 고이꾸온을 집어 들었더니, 그릇 가운데에 검은색 초롱 무늬가 보였다. 도예 공방의 로고다.

접시를 뒤집어 보고 모서리도 어루만져 본다. 그때 나

는 과연 어떤 표정으로 그 작은 접시를 만지작거리고 있었을까. 문득 정신을 차리고 보니, 아줌마의 자전거는 이미 오토바이와 자동차의 파도 속으로 흘러들어 가고 있었고, 그렇게 내 손 안에는 한 장의 접시만 남겨졌다.

송베에 가자. 민요民窯의 도시 송베는 호찌민에서 차를 타고 북쪽으로 30여 킬로미터 떨어진 곳에 있다. 송베에 있는 여러 공방에서 이것과 비슷한 접시가 생산되고 있다는 사실을 알았다. 하지만 바쁘게 길을 서둘러야 했던 이번 여행은 나에게 송베에 들를 시간을 주지 않았고, 나는 그 작은 접시 한 장을 소중히 안고 베트남을 뒤로할 수밖에 없었다.

흙과 불과 손기술. 내가 마음을 빼앗긴 아시아의 그릇은 모두 이 세 가지 요소가 결합돼 탄생한 하나의 아름다운 형상이다. 미묘한 일그러짐이 자아내는 태평함과 너글너글함. 자연유나 요변窯變*에서 오는 재미. 투박하면서도 천진난만한 모습에서 품격까지 느껴지니 지루하지 않다. 그래서 이 그릇을 우리 집 식탁에 올리고 싶다. 매일 쓰고 싶다.

오키나와에서는 수작업으로 만든 물건을 '데이누바나手ぬ花'라고 부른다. 사람 손에서 태어난 꽃이라니, 얼마나 아름다운 말인가. 아시아 각국의 노점상에서 내 마음

* 도자기를 구울 때 불길의 성질이나 유약에 함유된 물질 등의 관계로 유약이 예기치 않은 색깔이나 무늬로 변하는 일.

을 끌어당긴 그릇들도 '데이누바나' 그 자체다.

한편, 어느 날 큰 택배 상자가 도착했다. 베트남 여행을 다녀온 친구들이 나를 위해 그릇을 사다 준 것이다. 초조한 마음에 테이프를 뜯는 것조차 잘되지 않아서, 결국 박박 찢어 열었다. 그리고 그 순간 나는 아아 소리를 지르며 현관 앞에 우두커니 서 있었다.

열 십 자로 팽팽하게 감긴 끈을 풀자, 검은색 초롱 무늬가 찍힌 수십 장의 접시가 들어 있는 것 아닌가! 호찌민에서 고이꾸온 노점상 아줌마가 내민 그 작은 접시와 같은 가마에서 구워진 도자기다.

바다 건너 이곳 도쿄에 도착한 상자 속 풍경이 너무 비현실적이라서 눈앞이 아찔해질 정도였다.

그나저나, 참 신기한 일이다. 우선 찻잔용 찬장에 진열해 봤더니, 몇 십 년 전부터 그곳에 들어 앉아 있던 물건처럼 주위 풍경과 조화롭게 어우러져 시치미를 떼고 있다. 이조백자, 옻그릇과 원래 서로 이웃이었던 것처럼.

그때 얻은 한 장의 접시는 몇 십 장이 넘는 접시들과 섞이고 말았지만, 고이꾸온 노점상 아줌마가 자전거를 구르며 떠나던 뒷모습은 여전히 내 마음속에 선명하게 남아 있다.

한 술의 묵직함

숟가락

납작이 스푼.

미치코 짱은 자기 집 스푼을 그렇게 불렀다. 어느 날 그녀의 집에서 함께 숙제를 하는데, 미치코 짱이 중얼거렸다.

"우리 집 식구들은 밥 먹을 때 모두 납작이 스푼으로 먹어. 왠지 아기 같지 않아?"

흠. 집에 가려고 나가는 길에 저녁이 차려진 식탁이 힐끗 보였는데, 납작이 스푼과 한 쌍인 금속 젓가락 네 세트가 정갈하게 세로로 놓여 있었다. 김치의 선명한 빨간색도 두드러졌다. 태어나서 처음 보는 식탁의 풍경인지라, 약간 당황스러웠다.

그 납작이 스푼이 '숟가락'이라고 하는 한국의 스푼이란 사실을 알게 된 건, 20년이나 지난 뒤의 일이다.

직접 써 보면 써 볼수록 숟가락은 경이로운 도구였다.

밥이든 건더기 많은 국물이든 스르륵 입 안으로 들어온다. 비빔밥을 구석구석 비빌 때도, 구운 생선을 바를 때도 일단 숟가락을 들기만 하면 젓가락 쓸 때라고는 김을 집을 때 정도뿐이다.

게다가 한국의 어머니들은 누구나 부엌에서 거침없이 숟가락을 사용한다. 소스를 섞거나 달걀을 풀 때, 부침개를 누를 때 등 결정적인 순간에 숟가락에 손을 뻗는 걸 여러 번 목격했다.

그때마다 나는 숟가락이 가진 주방 도구로서의 무한한 힘에 감탄하고 말았다.

미치코 짱, 잘 지내니?

언젠가 결혼식에서 입은 한복이 너무 멋있었다는 소식을 전해 들었어. 벌써 40년 전이야. 네가 가르쳐 준 그 납작이 스푼은 지금 내 부엌과 식탁에서도 없어선 안 되는 중요한 도구가 되었단다.

어른이 돼 보니, 그때 미치코 짱의 마음이 아플 정도로 이해되었다. "스푼으로 밥을 먹다니"라고 말하던 어린 재일교포 2세는 두 가지 문화를 받아들였을 테고, 동시에 그 간극을 살아왔을 것이다.

납작이 스푼이 건져 올린 의미는 깊고도 무겁다.

지금은 어머니가 되었을 미치코 짱의 손에도 분명 납작이 스푼이 쥐어져 있을 것이다.

나의 밥공기

'인생 밥그릇'을 이렇게 빨리 만나도 되는 걸까. 망설여졌다. 그와 동시에 앞으로 얼마가 될지 모르지만, 이 기대 이상의 행운을 제대로 누려 보자는 생각도 했다.

그리고 그 후로 십 몇 년이 지났다. 1년 365일. 그 열 배가 넘는 세월을 거듭해 오면서 여전히 나는 아침저녁으로 이 밥공기를 사용한다. 처음 손에 넣었을 때보다 훨씬 반들거리고 은은한 빛깔을 두르고 있다.

옻 공예 작가 나쓰메 아리히코의 작품 네고로누리根来塗り 밥그릇이다.

모양은 막자사발 모양. 청초하고 작은 굽을 시작으로 허리를 거쳐 몸통으로 야트막하게 스윽 넓어지는, 전체적으로 아담한 모양의 밥그릇이다. 구연口緣*은 '자라입'

---

* 도자기의 입 부분과 그 주변을 통칭하여 부르는 말이다.

이다. 그 이름에서 알 수 있듯이 안쪽이 꾹 오므라져 있다. 국보 '유적천목油滴天目*'으로도 널리 알려진 이 그릇의 이름 '천목'은 일찍이 일본 선승이 중국 저장성에 있는 천목산에서 가져온 사발에서 착안해 탄생한 별명이다. 그 명名다완을 모방한 이 그릇은 말끔하면서도 아름다운 선을 가지고 있고, 어떤 군더더기도 없다. 두 손바닥으로 감싸 안으면 쏙 들어오지만, 그렇다고 절대 파묻히지 않는다. 엄격하게 만들어진 물건은 어디에 가져다 놓아도 늘 허리를 꼿꼿이 세우고 있기 마련이다. 이 다완은 그런 확신을 주는, 극히 우수한 목재를 기체器体로 하고 있다.

칠은 네고로누리 기법을 사용했다. 네고로누리란 붉은 옻과 검은 옻을 겹쳐 바르는, 예로부터 내려오는 일본의 독특한 기법이다. 쓰면 쓸수록 안쪽에서 빨간색과 검정색이 드러나 점점 복잡한 정취를 만들어 낸다. 나쓰메 씨가 귀얄을 다루는 방식은 호쾌하면서도 섬세하다. 손끝에 모은 집중력을 귀얄 끝에 전달해 한 번에 바르는데, 일단 마무리된 그릇을 보면 거칠고 투박함을 넘어, 오히려 포용력 넘치는 다정한 표정을 띠고 있다.

그런 심원한 매력에 나는 한눈에 포로가 되고 말았다. 처음 구입한 건 뚜껑 있는 대접 5인 세트였다. 그리고

● 일본의 중요 문화재로 12~13세기에 만들어진 다완이다.

2년 뒤, 밤나무를 깎아 옻칠한 검은색 밥공기 5인 세트, 또 2년 뒤 네고로누리 기법의 쟁반과 천목 공기 5인 세트를 구입했다.

그런 밥그릇을 찾고 있었다. 언제까지나 질리지 않고 매일 쓸 수 있는 것. 어떤 그릇과도 무난히 어울리면서도 물건으로서의 개성도 뛰어나고 품격을 갖추고 있는 것. 하지만 어떤 때에도 거슬리지 않고, 오히려 나를 위로해 주듯 너글너글하고 구김살 없는 물건. 그런 요소를 만족시킨다면 도자기든 칠기든 무엇이든 좋았다. 하지만, 그런 밥공기를 쉽게 만날 수 있을 리가 없지. 정 그렇다면 아쉬운 대로……. 그렇게 적당한 물건을 대강 구해서 사용해 왔다.

밥을 담는 것이기 때문이다. 생활의 기본. 생명의 양식을 담는 그릇. 가족 건강의 뿌리. 모든 것의 기본을 부탁할 밥공기를 소홀히 대해서는 안 된다고 믿었다.

이렇게 해서 나쓰메 씨의 천목 그릇은 내 생활의 중심을 차지했고, 때때로 소면이든 메밀국수 장국이든 조림이든, 어떤 요리에나 쓰였다. 그리고 쓸수록 그릇이 품은 분위기에 세련미까지 더해졌다. 국립민족학박물관 교수이기도 했던 나쓰메 씨는 아시아 각지를 방문하며 미술품 연구 교류와 수복修復에 몰두했는데, 그렇기 때문에 본인의 혼신을 다한 작품에 아시아 조형에 대한 깊은 이해가 가로놓여 있다는 사실은 말할 것도 없다.

2000년 4월 토요일. 늦은 아침식사를 준비하고 있는데 전화가 울렸다. 나쓰메 씨를 소개해 준 지인이다.

수화기 너머로 그의 목소리가 차분하게 들려 왔다.

"그저께 나쓰메 씨가 돌아가셨어요."

그날 아침식사 시간, 나는 식탁에 앉은 가족들에게 말했다. "이 그릇을 만드신 나쓰메 아리히코 씨가 돌아가셨대. 모두들 귀하게, 귀하게 사용했으면 좋겠어."

갓 지은 따뜻한 흰 쌀밥 위로 눈물이 뚝뚝 떨어졌다.

주방 도구니까요

가타쿠치

"그건 그렇고, 최근에 뭐 샀어?"

그릇 좋아하는 남자친구와 대화를 시작하면, 이 짓궂은 녀석은 꼭 이렇게 운을 뗀다.

"음, 골동품가게에서 조금……."

"그러니까 뭐 샀냐고?"

"가타쿠치片口."

"또 가타쿠치? 오래된 기제토黄瀬戸●가타쿠치를 샀다고 좋아한 지 얼마 안 됐잖아."

"그, 그렇긴 한데 운명적 만남이라고 외치고 싶은 순간이 또……."

"그래, 알았어. 그건 그렇고, 작년 샀다던 비젠의 가타쿠치, 이젠 슬슬 길이 들었겠네? 그거 나한테 넘겨."

● 무로마치 시대 말기부터 기후현 등지를 중심으로 만들어진 전통 도자기.

절대 안 돼. 그 그릇에 매일 오히타시ぉ浸し* 아니면 무침을 담아 먹는단 말이야. 이미 우리 식탁의 단골이라고. 게다가 소금이랑 기름이 적당히 스며서 이제야 조금씩 진한 깊이가 나기 시작했다고. 너 같은 사람한테 내가 왜. 독설을 날려 줬더니 열빙어를 씹으며 중얼거린다.

"가타쿠치란 게 미묘하게 마음을 끈단 말이야."

똥똥하고 둥그스름한 모양. 튼튼하면서도 묵직하니 두툼한 몸체. 테두리에 빼죽 튀어나온 입. 아무리 봐도 얼빠진 녀석처럼 보인다. 만약 가타쿠치의 생활기록부란 게 있었다면, '마음이 온순하고 힘이 세다. 넉살 좋게 나서진 않지만 여차 싶을 때 의지가 된다. 남녀 모두에게 인기가 있다'라는 평가가 쓰였을 것이다.

그 이유는 가타쿠치가 원래 주방 도구였기 때문이다.

가타쿠치는 원래 술, 간장, 기름, 식초 등의 액체 조미료를 주둥이가 좁은 유리병에 옮겨 담을 때 사용하던 주방 도구다. 아주 오래전, 옛날 사람들은 술을 받으러 갈 때 큰 도쿠리를 들고 갔다. 그리고 받아 온 술을 데울 때마다 작은 도쿠리에 옮겨 담아야만 했는데, 바로 그때 가타쿠치가 유용하게 쓰였다. 부엌에서 가타쿠치에 필요한 만큼의 술을 따른 다음, 그 술을 다시 작은 도쿠리에 옮겨 담는 것이다. 이뿐만 아니라, 술통이나 간장독에서 필

---

* 시금치, 채소 등을 데쳐서 무친 음식. 일본의 나물 반찬이라고 할 수 있다.

요한 분량을 뜰 때도 가타쿠치를 사용했다. 즉, 가타쿠치는 액체를 여기서 저기로 옮길 때 쓰는 중개인이자 계량컵 역할까지 하던 주방 도구인 것이다.

하지만 일본인의 생활 속에서 큰 나무통이나 큰 도쿠리가 자취를 감추기 시작했다. 그러면서 자연히 가타쿠치도 그 역할을 하지 못하게 됐다. 다이쇼 3년 4월호 〈부인의 친구婦人の友〉라는 잡지에 실린 '신식 가정에 필요한 도구 일람-부엌용품'이란 표를 보면, 질주전자와 숯불 끄는 단지, 질냄비 등과 나란히 가타쿠치 또한 언급돼 있다. 그렇다면 가타쿠치는 과연 언제까지 사용된 걸까. 연배 있는 친구한테 물어봤더니 "음, 전후 얼마 되지 않았을 때까지 집에서 봤던 것 같은데."

옛날에 그렇게나 의지했던 가타쿠치였는데, 이제 가타쿠치에게 아무 일도 맡기지 않게 되었다. 그렇게 풀이 죽은 가타쿠치는 조용히 부엌에서 자취를 감추었다.

하지만 운명은 알 수 없는 것이다. 어쩐 일인지 가타쿠치가 다시 각광 받는 시대가 찾아온 것이다.

십 년 전부터였을까. 긴조슈吟醸酒*의 인기가 높아지면서 일본주를 차갑게 마시는 사람이 늘어났다. 아무리 차가운 술이라고 해도, 되들잇병을 무작정 들고 후들거리며 따라서야 맛도 정취도 나지 않는다. 그렇다고 도쿠리

● 정미율 60퍼센트 이하의 쌀, 누룩, 물을 원료로 만들어지는 술.

로 따르자니 멋이 없어 보인다. 아, 그래. 가타쿠치라는 게 있었지……. 그렇게 해서 가타쿠치에게 '술병'이라는 새로운 역할이 부여된 것이다.

"가타쿠치에는 정서가 있어요."

술과 안주의 집 '마메가키'의 주인 오치아이 신이치 씨도 가타쿠치당黨 당원이다. 가게에서 술을 가타쿠치에 따라서 내가면, 손님이 직접 쪼르르 따라서 마신다. 그 사소한 수고, 그 사소한 호흡이 그 자리에 틈을 내어 주고 분위기를 부드럽게 해 준다.

"그리고 내가 어느 정도 마셨는지 가늠할 수 있어서 좋아."

도쿠리라면 얼마나 남았는지 알 수 없지만, 가타쿠치는 일목요연하게 알 수 있다. 그래서 자기 페이스로 마실 수 있다. 이심전심이라고, 술 좋아하는 사람이 만든 가타쿠치는 한눈에 알아볼 수 있다. 그리고 사용하기 편하다. 예를 들어, 이즈에 사는 도예가 하나오카 유타카 씨가 만든 술잔용 가타쿠치는 자세히 보면 따르기 쉽게 입이 약간 경사져 있다. 그리고 오른손잡이용과 왼손잡이용을 비교해 보면 입의 위치나 곡선이 다르다.

"가타쿠치는 도쿠리처럼 주거니 받거니 하는 물건이 아니에요. 기본적으로 혼자 마시는 술과 어울리죠. 조금 많다 싶을 정도로 따라서 단숨에 들이켜고 몇 번이고 다시 채우며 마시는 술병이죠. 따르는 걸 즐기며 마시기 좋

아요."

이런 사람이 만든 가타쿠치로 마시는 술은 각별히 맛있으니 참 신기한 일이다.

"단, 가득 따르면 안 돼요. 유리잔 두 홉 정도 들어가는 부피라면, 많아 봤자 절반 정도 따르는 게 보기에 좋습니다."

그래야 하는 이유가 또 있다. 술을 가타쿠치 입 근처까지 따르면 기울였을 때 그릇을 넘어서 왈칵 쏟아진다. 이거야말로 참 바보 같은 일이겠죠.

또 술병으로 쓰려면 집어 들기 좋아야 한다. 가장자리 안쪽으로 오므라진 가타쿠치라면 손가락을 걸치기 쉬울 테니, 미끄러져 떨어뜨릴 걱정도 없다. 수중에 돈이 없어도 자기 술만큼은 제대로 지킬 수 있을 것이다.

가타쿠치는 원래 '술그릇'이다. 가타쿠치의 사명은 첫째도 둘째도 '따르기 쉬울 것'이다. 즉, 따를 때 물이 잘 끊기고 뒤가 젖지 않는 것 또한 중요한 요소다. 물기가 축축하게 안으로 되돌아가거나 술 줄기가 지저분하게 끊기면 즐거움도 풍정도 반감되고 만다. 슥 따르고 남은 술이 마치 빨려 들어가듯 되돌아가는 가타쿠치는 과연 어디에 있을까?

물이 잘 끊기는지 알아보려고 다양한 가타쿠치를 써 본 다음 장단점 검토대회를 실시했다. 그 결과……

○ 몸체의 길이가 짧은 것보다 길고 가는 편이 유속이 적당하고 흐름이 부드럽다. 수압이 생길 정도로 힘이 세고 물도 잘 끊긴다.
○ 주둥이 끝이 두툼하면 주둥이가 젖기 쉽다.
○ 주둥이 각도가 너무 바깥으로 향해 있으면 기울였을 때 액체가 위에서 아래로 부드럽게 떨어지지 않는다. 물줄기가 약해지는 만큼 물 끊김도 나빠진다.
○ 주둥이 끝이 바깥쪽으로 뒤집어져 있으면 마지막 한 방울도 흘리지 않는다.

결과는 이 정도지만, 결국 재질이나 두께, 액체의 용량, 주둥이의 세밀한 각도 등 전체적으로 균형이 맞느냐가 물 끊김의 질을 좌우한다. 제품 디자이너 고마쓰 마코토 씨는 말한다.

"일반적으로 두께가 얇을수록 물 끊김이 좋아집니다. 두툼한 도기보다 얇은 자기가, 얇은 자기보다 주둥이가 예각으로 된 금속이 더 물이 잘 끊겨요."

그렇구나. 내가 긴 세월 애용해 온 스테인리스 가타쿠치는 예각으로 돼 있어서 물이 잘 끊긴다. 반하지 않을 수 없다.

"하지만 일본인이라면 기능은 둘째치고, 도기의 멋에 끌리지 않을 수 없죠."

네, 맞아요. 주둥이 끝이 축축해지고 물이 잘 안 끊겨도 홀딱 반하고 나면 손이 많이 간다고 해도 그 또한 즐거움이죠. 만듦새가 나쁜 아이일수록 애정을 불러일으키잖아요.

가타쿠치를 사용할 때마다 깜짝 놀란다. 오른손으로 가타쿠치를 잡고 왼손으로 가볍게 받친다. 가타쿠치 밑에 행주를 살짝 댄다……. 오래전부터 일본인의 생활에 뿌리내린 우아하고 전통적인 몸짓을 나도 모르는 사이 재현하고 있다.

나아가 '미타테見立て●'도 일본인의 특기 분야다. 옛날, 다인도 가타쿠치를 편애하던 시대가 있었다. 입 부분을 일부러 깨뜨려, 깨진 파편으로 고친 것을 '쓰나기코마繫ぎ駒', 깨진 입을 그대로 둔 것을 '하나레코마放れ駒'라고 부르며 귀하게 여겼다. 가라쓰 지방에서 구운 가타쿠치는 찻잔으로도 사용했다.

가타쿠치를 편애하는 자는 생각한다. 비슷한 정취를 풍기는 사발과 가타쿠치가 있다. 만일 감자소고기조림과 무조림을 담아야 한다면, 어느 그릇에 담는 게 좋을까. 답은 하나, 단연코 가타쿠치다. 주둥이 하나 달려 있을 뿐인데도, 신기하게도 식탁에 예상하지 못했던 분위기를 가져온다. 요리에 생동감이 실린다. 게다가 조린 국물까지 함께 담으면 개인 접시에 옮겨 따르기 쉽다는 장

● 예술 분야에서 어떤 대상을 다른 물건에 비유해 표현하는 것. 혹은 어떤 물건을 다른 용도로 사용하는 것을 말한다.

점까지 갖추고 있다. 최근 서양배시럽조림을 가타쿠치에 담았는데, 각자 돌려가며 시럽을 따랐더니 꽤 편리했다. 또한 냉두부를 담아 놓고 두부에서 나오는 물을 주둥이로 스르륵 따라 버렸더니 너무 편했다. 이렇게 쓰면 쓸수록 새로운 매력을 발휘하는 것이 바로 가타쿠치다.

단, 추천하고 싶지 않은 게 하나 있다. 비젠備前*이나 고히키粉引き* 등의 유약을 바르지 않은 가타쿠치는 술잔 겸용으로 쓰지 않는 게 좋다. 큰맘 먹고 좋은 술을 즐기려고 하는데, 장국의 가쓰오부시 냄새가 코끝에 풀풀 풍기거나, 그저께 저녁에 담았던 반찬의 참기름이 술 위에 뜬다면, 참으로 민망하겠지요?

현재 가타쿠치 군은 어깨에 힘이 들어가 있을 것이다. 내가 이렇게 여러 방면으로 쓸모가 있다니, 이렇게 도움되는 물건이라니! 하면서. 주방 도구로 태어난 몸에게 '도움이 된다'는 것이야말로 더없는 행복이 아닐까.

딸에게 주는 선물

"밥 다 됐어!"

부엌에서 큰 소리로 딸을 부르면, 방에서 나온 딸이 곧장 가스레인지 앞으로 가서 냄비 안을 들여다본다. 조림 냄비도 열어 보고 그 옆 된장국 냄비도 잇따라 열어 본다. 그러면 이제는 뚜껑을 닫고 찬장으로 향한다. 식사 시간이 되면 늘 딸이 밥상을 차린다. 초등학생 때부터 주어진 임무다.

"아, 오늘은 실패야."

자리에 앉자마자 미안해한다. 떨떠름한 표정이기에 식탁을 봤더니 냉두부와 토란 맑은 조림이 연노랑 접시에 담겨 있다. 그 조합이 너무 흐리멍덩해서 전혀 식욕이 솟지 않는다.

"어머, 정말이네."

"어쩐지 맛없어 보여."

"이렇게 색이 옅은 조림을 담을 때는 이마리의 소메쓰케染付*나 검은 나무 접시처럼 선명한 그릇을 써야겠지."

"바꿀까?"

"바꿔 봐."

이제는 대학생씩이나 되었으니 이렇게 평온한 대화가 가능한 것이다. 초등학생 때에는 요란한 싸움도 자주 했었다.

"갓 튀긴 튀김에 유리 접시는 아니지.""물만두를 이렇게 깊은 접시에 담으면 아래 있는 만두가 열에 불어서 질척거리잖아.""김치는……, 엄마가 지난번에 가르쳐줬지? 고히키라는 이 그릇, 여기에 담으면 바로 고춧가루 물이 든다고. 어서 다른 것 가져 와."

엄마는 정말 못됐어. 이제 안 해. 엄마가 하면 되잖아. 모진 말을 내뱉고 방문을 쾅 닫고 들어가 버린 적도 있었다.

하지만 나는 절대 의기소침해지지 않았다. 부모가 가르쳐 줄 수 있는 건 얼마 되지 않으니까. 그리고 내가 물려줄 수 있는 것이 달리 있는 것도 아니니까. 적어도 이것만큼은 절대 포기할 수 없다고 생각했다. 그렇게 모질게 해 오다 보니, 자기가 고른 그릇으로 그날의 식사가 맛있어지기도 맛없어지기도 한다는 것을 딸은 어느새 피부로 깨닫고 있었다.

● 하얀색 점토 위에 남색 무늬를 넣어 구운 이마리 시의 자기 그릇.

그러면서 나는 가끔씩 중화숟가락에 젓갈을 담아 보거나, 폭이 좁고 긴 그릇에 장아찌를 죽 담아 보는 등 마음 가는 대로 즐기며 플레이팅 하면 되었다. 물론, 이렇게 담아도 된다고 가르쳐 주고 싶은 마음도 없지는 않았지만.

딸이 초등학교 6학년 때였다. 생일 선물로 뭐가 좋으냐고 물었더니 이렇게 대답했다.

"나 짙은 색 테이블매트 사 주면 안 돼? 예전부터 쭉 갖고 싶었던 거야. 이제 진한 색 한 종류만 있으면 테이블 세팅하기 정말 좋을 것 같아."

이때만큼 유쾌했던 적은 없었다. 그래, 너도 상 차리는 걸 꽤 좋아하는구나. 나는 아무런 근거 없이 이제 됐다며 안도감이 들었다.

그 후 스무 살이 훨씬 넘었는데도, 딸은 오늘도 직접 접시를 고른다.

식탁 위의 각성제

검은색 접시

'누레아마낫토ぬれ甘納豆[*]'를 담을 때는 찐득한 진녹색의 작은 오리베織部[*] 접시.

겉이 진갈색으로 바삭하게 구워져 고소한 향기가 나는 눈퉁멸은 단단하고 가벼운 질감이 돋보이는 기제토黃瀨戸[*] 사각 접시.

새빨간 라즈베리를 담을 때는 작은 이조백자 접시.

청회색의 작은 가타쿠치에는 연노란색 영귤 식초.

뜻하지 않게 식탁 위에 펼쳐진 회화와 같은 강렬함! 그 생생한 아름다움에 나도 모르게 숨을 죽인다. 먹기가 아까워서 턱을 괴고 한참을 바라만 보고만 있다.

그런 경험 없으세요? 마냥 이대로 둘 수는 없으니, 너

[*] 전통 과자점 하나조노만주의 대표 디저트 중 하나인 팥설탕절임.
[*] 오리베야키. 지금의 아이치 현에서 만들어지던 도자기로 진초록 유약과 흰색 무늬가 특징이다.
[*] 철분이 많은 유약을 처리해 만든 황색 계통의 도기.

무 아까워하며 시간을 들여서 천천히 음미하다가 눈앞에서 사라져 버린 그 모습을 다시 그리워한 적이요. 결국 다시 한 번 그 모습을 보고 싶어서 참지 못하고 며칠 뒤 또 라즈베리를 사 들고 온 경험, 정말 없으세요? 어머, 제가 이상한가요.

식탁 위에 펼쳐진 아름다운 그림을 보고 싶어서 만드는 요리가 있다. 예를 들어, 최근에는 알리오 올리오 에 페페론치노를 검은 접시에 담았다.

검은 접시를 사고 나서야 비로소 스파게티 맛의 새로운 문이 열렸다. 아니, 농담이 아니다. 검은 캔버스 위에 이제 막 데친 통통하고 심이 단단한 스파게티를 풀어 놓으면 검은 접시의 다소 거친 표면과 세몰리나semolina 밀가루의 미묘한 조화가 박력을 드러낸다. 마치 한 폭의 그림처럼. 거기에 갈색으로 구운 마늘과 빨간 고추와 연두색 올리브 오일이 그림을 효과적으로 강조해 주어, 식욕이 벌떡 깨어난다. 파스타를 흰 그릇에 담는 것이 약속처럼 통용되던 시절이 있었지만, 검은 접시에 담아 보면 알리오 올리오 에 페페론치노도 참신한 비주얼을 갖춘 요리라는 것을 깨닫게 될 것이다.

'검정의 충격'은 그뿐이 아니다.

정수는 바로 흑유를 발라 구운 마메자라豆皿* 위에 머

* 일본의 작은 접시로 한국의 종지와 비슷한 크기다.

스터드나 와사비를 얹는 것이다.

머스터드의 노란색과 갈색 알갱이의 대비를 자세히 들여다보신 적 있나요. 와사비의 부드러운 녹색에 눈길을 두고 감탄한 적 있나요. 어느새 익숙해진 이 조연들은 자연에서 자란 식물의 씨이고, 식물의 뿌리다. 이 접시에 얹어 보면 그 당연한 사실을 새삼 깨닫게 될 것이다. 적어도 나는 그랬다. 똑똑히 알아 두려고 해도, 그 자명한 이치가 보이지 않을 때가 있다. 머스터드는 머스터드의 노란색, 와사비는 와사비의 녹색이지 그 이상도 그 이하도 아니라고 여기고는 한다. 파스타도 늘 먹는 파스타라고 생각하기 쉽다. 그런데 거기에 검은 그릇을 더하면, 바쁜 일상에 휘말려 거의 마비되다시피 한 감각에게 새로운 바람을 쐬어 줄 수 있다. '정신 차려!'라는 따끔한 한마디로 자극을 주는 것이다.

그런 의미에서 검은색 접시는 어쩌면 각성제일지도 모른다.

다이어트의 무기

아이 밥공기

딸이 어른이 된 뒤로, 세상에 이렇게 귀엽고 작은 밥공기가 있다는 걸 잊어버리고 있었다.

그러고 보니, 딸이 이유식을 끝내고 어른과 같은 밥을 먹게 됐을 즈음, 한 손에 폭 들어갈 만한 작은 밥공기를 샀던 기억이 난다. 그때의 어색함을 지금도 또렷하게 떠올릴 수 있다.

어린이용 플라스틱 그릇이라니, 이건 아이를 무시하는 처사야. 그래서 아이용 식기를 따로 마련하지 않고, 어른과 같은 그릇을 사용했다. 그래도 적게 먹는 딸의 식사량을 조금이라도 늘려 줘야겠다는 생각에, 귀여운 그림이 그려진 도자기 밥공기를 골라 주었다.

일본 민예관 뮤지엄숍 구석에서 그리운 옛 추억이 단번에 되살아나 생각에 잠겼다. 진열된 그릇을 구경하다가 우연히 아리타야키有田燒의 심플한 아이용 백자 밥공

기를 보았기 때문이다.

그 조그만 밥공기의 만질만질한 표면을 어루만지며 20대의 기억을 더듬어 봄과 동시에 지금의 현실을 드리워 본다. 그러자 그 순간 뇌리에 섬광인 번뜩였다. 좋은 생각이 났어! 이 밥공기를 다이어트용으로 쓰는 거야.

다이어트는 이 세상에서 가장 못 하는 일 중 하나다. 그럴듯한 핑계는 얼마든지 있지만, 뭐 결국에는 먹는 걸 좋아해서 못하는 것뿐이다. 그 이유가 전부라서 굳이 고쳐 볼 생각도 없고, 나 자신을 비하하지도 않는다. 그저 흐름에 맡길 수밖에.

이 어린이용 밥공기는 의지가 한없이 약하고 먹는 것에도 약한 나에게 분명 유효한 다이어트 수단이 되어 줄 것이다.

단정하고 작은 밥공기에 갓 지어 향이 좋은 밥을 수북하게 담는다. 어른 밥공기의 절반 정도밖에 되지 않는데, 오히려 이 한 공기를 천천히 꼭꼭 씹어 먹겠다는 마음이 든다. 참 신기하게도, 다 먹어 갈 즈음에는 감사하다는 기분까지 샘솟는다.

참고 또 참아야 하는 우울하고 비참한 마음을 함부로 건드리지 않는다는 점이 어른을 위한 이 작은 밥공기의 미덕이다.

한 방울의 기포

프레스글라스 컵

볼록. 유리 속에 크고 둥그런 기포가 하나 있다. 섬세하게 작업하는 유리 공예가였다면, 생기자마자 바닥에 내리쳐 깨뜨렸을 기포다. 게다가 뿌옇고 희미하다. 유리 너머를 보려고 해도 안개 속에 있는 것처럼 아무것도 보이지 않는다. 소위 말하는 '아름다운 풍경'과 꽤 다르다.

프레스글라스Pressglas 이야기다. 프레스글라스는 '압형 유리'라고도 불린다. 쉽게 말하면, 돋음골과 오목골로 꾹 눌러 모양을 만들어서 대량생산이 가능한 유리 제품으로, 전쟁 전에 많이 만들어졌다. 즉, 아직 유리 기술이 미숙하던 시절의 산물인 것이다. 관련 서적을 읽어 보니 프레스글라스는 이런 물건이라고 했다.

"아름다운 유리 작품을 만들 때는 되도록 표면을 만지지 않는 게 중요하다. 그렇게 봤을 때, 압형 유리는 가장 좋지 않은 조형법이라고 할 수 있다."

즉, 만듦새가 나쁜 아이라는 말이다. 손가락을 대면 당장이라도 깨질 것 같은 덧없음도 없고, 경쾌해 보인다거나 시원스러워 보이는 분위기와도 전혀 인연이 없다. 앞뒤가 납작하게 눌린 탓에 섬세함이나 가벼움 또한 찾아볼 수 없거니와, 도리어 묵직한 두께와 무게 때문에 땅에 철퍼덕 눌러앉아 태연자약하는, 마치 저 홀로 멍하니 하늘을 보고 있는 풍정이다. 비이도로びいどろ*나 기야만ぎやまん* 근처도 못 따라가는 외톨이인 것이다.

하지만, 좀 모자란 듯한 아이에게 정이 간다고들 하잖아요? 난 이 프레스글라스가 너무 귀엽고 사랑스럽기만 하다. 앤티크 잡화점에서 우연히 발견할 때마다 하나씩 소중히 사 모은 컵이 예닐곱 개, 귀때 달린 작은 물병이 하나, 납작한 볼도 하나 있다. 물을 꿀꺽꿀꺽 마실 때나 싱글 몰트를 마실 때, 선반 옆 진열해 놓은 수많은 컵들을 뒤로하고 결국 내가 선택하는 건 프레스글라스의 거친 투박함이다. 입술에 닿는 그 묵직하고 믿음직스러운 두께를 원하게 되는 것이다. 앞가슴이 두텁고 키가 큰 대장부한테 안겨 있는 느낌이랄까. 뭐야, 그런 거였어? 헤헤헤.

* 포르투갈어로 유리를 의미하며, 현재는 쇠파이프 끝에 녹은 유리 덩어리를 묻혀 숨을 불어 넣어 부풀게 하는 방법인 취입유리 제작법으로 만든 일본제 유리공예품을 말한다.
* 포르투갈어로 다이아몬드를 의미하며, 현재는 다이아몬드로 가공한 일본제 유리 공예품을 지칭한다.

한편, 프레스글라스를 다룬 그 책의 결말에는 이렇게 쓰여 있다.

"대량생산이 가능하다는 것은 그만큼 사람들이 아끼지 않는다는 의미다."

어머, 말도 안 돼요. 우리 집 프레스글라스 컵들이 얼마나 행복한데요?

에도의 모던 디자인

장국 그릇

오랜만에 이마리야키伊万里燒의 장국 그릇을 샀다.

오수吳須*의 색하며, 백자의 촉감하며 눈이 번쩍 뜨일 정도로 상쾌하다. 무늬는 무수한 선을 겹쳐서 표현한 아름다운 속새 문양이다. 와, 이런 무늬도 있었구나. 값을 물었는데, 그 순간 내가 잘못 들은 게 아닌지 귀를 의심했다. 5인 세트가 20만 엔! 다섯 개 전부 이가 나갔거나 금 간 곳 하나 없는 완제품인데다가, 속새 무늬가 흔하지 않기 때문이다. 이건 장국 그릇 가격이 아니야. 슬픈 마음에 휩싸여 할 말을 잃어버린 나를 보고, 주인이 입을 열었다. "알겠습니다. 하나씩 낱개로도 팔게요." 세트로 파는 건 포기하고 낱개로 팔 때가 왔구나 생각한 모양이다. 그래도 4만 엔이라는 가격은 납득하기 어려운 고가

● 코발트 등을 함유한 천연 광물. 유약으로 쓴다. 일명 코발트토.

였지만, 결국 속새 무늬의 아름다움에 지고 말았다.

장국 그릇은 퍼도 퍼도 마르지 않는 샘물 같다. 늘 볼 때마다 새로운 표정과의 만남이 있다. 언제 봐도 새로운 발견을 하게 된다. 아무리 모아도 왜인지 질리지 않는다.

그 당시 수출이 활성화되면서 주요 고객이었던 유럽 귀족들은 이마리의 멋에 화려함을 요구했다. 하지만, 유행이 한풀 꺾이고 나자 휴화산이 갑자기 활동을 시작하듯이 일본 서민을 대상으로 한 자유로운 작풍이 속속 만들어졌다. 그 당시의 그릇을 보면 지난날의 기상을 여봐란 듯이 과시하는 느낌이다. 나는 손바닥에 쏙 들어가는 이 작은 도자기 안에 후 하고 입김을 내쉰다. 그리고 본연의 멋을 되찾은 일본인의 대범한 작풍을 이해하고자 한다.

게다가 몇 백 년이나 지난 지금, 에도의 일상 잡기가 현대 식탁 위에서 어떠한 위화감도 없이 어울리다니. 심지어 식탁에 청결한 느낌을 한껏 더하는 것을 보면 감동스럽기까지 하다. 그래서 하나, 또 하나 한없이 손이 간다.

딱 떨어지는 각도에 완벽한 밸런스. 안정감을 주는 개운한 디자인. 장국 그릇 디자인이 완성된 건 겐로쿠 시대라고 일컬어지는데, 이 디자인에서도 깊이 있는 매력이 흘러넘친다. 높이 약 6센티미터, 지름 약 7센티미터라는 규정이 있기 때문에, 오히려 자유로운 도안이 탄생할 수 있었던 것이다. 규제 속 자유분방함. 이 그릇이야말로 일본인의 미의식을 표출할 수 있는 독무대 아닐까.

한편, 장국 그릇이 얼마나 쓰기 편한지에 대해서도 주목해야 한다. 손에 들어 보기만 해도 안다. 위로 갈수록 넓어지는 모양이 고정 장치 역할을 해서 손가락 사이에 딱 들어온다. 그것도 쥐는 사람의 손가락 길이와 손 크기에 맞춰서. 장점이 또 있다. 찬장에 넣어 보면 바로 알 것이다. 하나씩 포개 놓을 수 있어서 수납 공간도 필요 없다. 여러 개 겹쳐 놓고 보면 깔끔하고 샤프하다.

심플함. 프리사이즈. 용이한 수납. 노 브랜드. 노 네임. 장국 그릇은 그릇을 들고 먹는 게 습관인 일본인의 생활이 만들어 낸 세계에서 으뜸가는 명식기다. 이걸 바로 '불후의 모던 디자인'이라고 하는 것이리라.

아침의 인생수업

자몽 나이프

"그 신바시에 있다는 돈가스집, 지도 좀 그려 줄래?"

오늘 아침 출근하기 전, 같이 사는 사람이 넥타이를 매면서 부탁하기에 종잇조각에 지도와 전화번호를 적어 건넸다. 근처에 갈 일이 있으니 들러 보겠다고 한다. 근래 보기 드문 감동적인 돈가스라고 엄청 자랑을 하고는 했는데, 드디어 기회가 찾아온 것이다. 그는 종잇조각을 쥐고 방긋 웃으며 출근했다.

"어땠어? 맛있었지? 튀김 상태 훌륭하지?"

밤에 귀가해 넥타이를 풀고 있는 당사자에게 다그치듯 물었더니, 허참, 어쩐지 반응이 둔하다. 응, 뭐 그럭저럭.

"자, 잠깐. 무슨 의미야. 그 돈가스에 감동하지 않다니, 어떻게 된 거야?"

그 가게와 무슨 관련이 있는 것도 아닌데, 나는 순간 울컥해서 그 자리에 우뚝 서 있다.

STAINLESS STEEL
JAPAN

"대체 뭐 주문했어?"

"점심이라서 950엔짜리 점심 돈가스 정식 시켰지."

유치하다는 건 잘 안다. 알지만, 나는 부러 큰 한숨을 쉬어 보였다.

"처음 갔을 때는 꼭 2,200엔짜리 로스가스 정식을 시켜야 한다고 몇 번이나 못을 박았잖아. 950엔짜리 점심 정식을 시켰으니 그 집 돈가스 맛을 제대로 알 수 있을 리가 있겠어? 그 집 맛을 아는 근처 샐러리맨이라면 꽤 괜찮은 점심식사겠지만, 처음 가는 사람한테는 그저 단순한 돈가스 정식이란 말이야."

미안하기는 했다. 정말 미안했지만, 이미 성난 파도 같은 짜증을 억누를 수 없었다.

"대체 왜? 왜 '2,200엔짜리 로스가스 정식' 달라고 안 한 거야?"

"줄 서 있던 사람들 모두 '점심 정식' 주문했단 말이야. 거기서 나 혼자만 다른 것 주문하면 왜인지 흐름을 깨는 것 같아서."

여기서 또다시 울컥한다. 당신만 '로스가스'를 주문해도 고기 한 장 더 꺼내면 끝나는 문제라고. 메뉴판에 써 있는데 남의 눈치 볼 필요가 뭐 있어. 그분들 다 프로야. 다 떠나서, 맛있는 거 먹으려고 일부러 찾아갔는데 왜 그렇게 괜히 눈치 보고 소심해진 거야.

"아, 이제 그만해. 다음에 다시 가 볼게."

어휴, 정말. 이게 무슨 시간 낭비야. 쓴소리를 내뱉고 나는 속으로 생각했다. 이런 점이 바로 남자와 여자의 차이 아닐까. 뭐랄까, 생각해 보면 남자가 훨씬 유하다. 혼자서 2,200엔짜리 로스가스를 사수하는 여자보다 어쩔 수 없다며 부화뇌동해 950엔짜리 점심 정식을 시켜 먹는 야무지지 못한 남자가 어쩌면 인간으로서 더 우위에 있는 것일지도 모른다. 나는 부끄럽고 창피한 마음이 들었다.

한편, 그런 남자가 아침부터 자몽 나이프를 쥐고 신이 나 있는 모습이 꽤 괜찮아 보인다. 한쪽은 홑날, 다른 한쪽에는 양날이 달린 이 참신한 물건은 이렇게 사용한다. 먼저 반으로 자른 자몽에 홑날을 넣어 빙 둘러 깎는다. 그다음, 양날을 껍질 사이에 스윽 찔러 넣는다. 이렇게 칼집을 내면 스푼으로 뜨기만 해도 속살만 쏙 빠져 나온다. 자몽 즙이 튈 염려도 없고 엎지를 일도 전혀 없다.

이 나이프를 발견하고 우리 집은 아침마다 자몽 나이프 의식이 일상화되었다. 하지만, 이 기능성 도구를 들고 새 와이셔츠에 자몽 즙을 튀기는 모습을 보면 또다시 속으로 울컥한다. '어휴, 조심 좀 하지!' 이런 나, 아직 수련이 부족한 걸까요.

천재 파티시에

억새풀의 초록 빛깔이 너무 예뻐서 나도 모르게 한 아름 사고 났더니, 문득 좋은 생각이 떠올랐다. 이 풀들을 엮어 보자. 삿자리 문양으로 엮어서 그릇을 만들자. 그리고 아껴 두었던 '르콩트'의 파트 드 프뤼pâte de fruits를 담아 내일 놀러 올 아키코 짱과 함께 모처럼 멋진 간식을 먹어야지.

공원이나 공터를 지날 때의 내 모습은 영락없이 수상한 사람이다. 어디 괜찮은 잎사귀 없나. 쓸 만한 잎사귀 없을까. 맛있는 것 담을 만한 잎사귀 어디 없나. 눈을 반짝거리며 이쪽저쪽 두리번거리는 시선이 매우 수상해 보일 것이다. 그리고 횡재했다 싶어서 가방 안에 쑤셔 넣은 그 손으로 느닷없이 가위를 꺼내기도 한다.

둥그스름한 게이락스 잎사귀에 치즈를 얹는다든가, 동네 담벼락을 두르고 있던 커다란 담쟁이덩굴에 우설 슬

라이스를 얹는다든가, 동글동글한 오카키おかき* 안에 단풍잎을 넣어 두는 등 얼마든지 활용이 가능하다. 최근에 어쩌다가 신바시 공원을 따라 걷다가 길가에 떨어진 낙엽을 봤는데, 너무 고풍스럽고 예쁘게 말라 있어서 조심스럽게 모아 손수건에 싸서 가지고 돌아왔다. 그때 일이 있어서 요쓰야에 들러야 했지만, 잎사귀가 부서질까 봐 걱정이 돼서 바로 집으로 돌아와 행주로 한 장씩 마른걸레질을 했다. 그렇게 먼지와 때를 완전히 벗고 윤이 나는 잎사귀 위에는 그날 저녁 반주에 곁들일 눈통멸을 올렸다.

일 년 내내 잎사귀 찾는 일을 반복하다 보면, 뜻밖의 수확과 맞닥뜨린다. 바로 레몬그라스 잎을 손에 넣었을 때다.

(요리에만 넣으면 재미없지!)

그래서 결국 무슨 생각을 떠올렸는가 하면.

긴 레몬그라스 잎을 그릇 크기에 맞춰 잘라서 그 위에 과일과 케이크를 얹었다.

시트러스 향과 어울리는 과일이라면 뭐든지 좋다. 케이크 중에서는 심플한 것과 어울린다. 오븐에 구워 바로 내는 심플한 케이크도 좋고, 고급 쇼콜라를 듬뿍 사용해 맛이 매우 진한 케이크도 좋다. 여기에 한 가지 요소를 더 곁들인다면, 또 어떻게 맛있어질까. 그런 상상력을 불

* 떡을 작게 썰어서 건조시킨 뒤 구운 일본의 쌀과자.

러일으키는 케이크라면 뭐든지 좋다.

예를 들어, 잘게 자른 잎사귀 위에 가토쇼콜라gâteau au chocolat를 얹어 본다. 그리고 포크를 찌른다. 포크가 잎사귀를 꾹 누른 그 순간, 은은한 향기가 그윽하게 피어난다. 바로 레몬그라스의 향기다. 잠자고 있던 잎사귀 속 세포의 문이 비로소 열린 것이다. 향기로운 감귤 향이 콧속을 스치고 포크 끝에 있는 쇼콜라에 휘감기면, 새로운 차원의 맛의 세계가 펼쳐진다. 눈에 보이지 않는지만, 이 잎사귀 위에서 분명히 일어나고 있는 새로운 세계가! 가토쇼콜라를 입에 넣을 때마다 피어나는 향기의 자극에 미각과 후각이 환희의 목소리를 높인다.

새로운 발견이야. 굉장해. 여기 명名파티시에가 한 사람 탄생했어요. 한껏 거드름을 피우며 대접할 때의 즐거움이란!

이야, 잎사귀로 만든 그릇이 이런 흥분을 가져다줄 줄은 꿈에도 몰랐습니다.

바람을 호흡하는 천

보자기

한여름 어느 날, 나는 경주의 조용한 시골마을을 걷고 있었다. 태양이 눈부시게 아름다운 빛의 홍수를 내리쏟던 날이었다. 밭의 초록색 이삭이 산들산들 흔들리고, 주위에는 사람 그림자 하나 보이지 않는다. 바로 그때, 민가 모퉁이를 돌아 이쪽을 향해 걸어오는 한 사람의 모습이 보였다.

천천히 거리가 좁혀진다. 흰옷을 입은 노인이다. 머리에는 밀짚모자, 손에는 지팡이를 쥐고 있다. 아아, 역시. 그 모습이 가까워지면서 나는 행복한 기분이 든다. 노인은 요즘은 부쩍 보기 힘들어진 옛날식 한복 상하의를 몸에 두르고 있다.

햇볕에 그을린 얼굴에 깊은 주름을 새긴 그분이 바로 앞까지 다가왔다가 스쳐 지나간다. 그리고 그 순간, 갑자기 시간이 멈춘다. 저고리의 옷자락과 둥글게 부푼 소매

가 여름 바람을 머금고 두둥실 나부꼈고, 삼베 천은 빛의 반짝임 속에서 매미의 날개처럼 투명한 빛을 놓아 주었다. 바람이 삼베 안을 빠져나간다.

이를테면 그런 경주의 오후가 이 한 장의 천에 들어 있다. 거실 창문에 걸려 흔들흔들 바람을 호흡하는 이 하얀 삼베 보자기 안에.

커튼은 천이 무겁고, 왠지 모르게 묵직하니 둔해서 나랑 맞지 않았다. 그래서 거실 동쪽 창 한 면에 전통종이를 붙이고 감물을 들여야겠다는 생각이 떠올랐다. 그러고 나서 다음 날 아침, 햇살을 받은 종이의 감물 얼룩이 갑갑하게 고집을 부리고 있기에, 한나절 걸린 고생이 문제일쏘냐, 바로 북북 잡아 뜯어 버렸다. 그리고 창문 앞에 선 채 잠시 고민하다가, 이내 무릎을 탁 쳤다. 애지중지 모아 온 보자기들이 왜 이제야 떠오른 걸까!

보자기는 마, 명주, 무명 등 작은 천 조각을 한 땀 한 땀 꿰매 만드는 한국의 전통 천이다. 일본의 후로시키風呂敷와 비슷하다고 할까. 보자기는 물건을 싸거나 운반할 때, 혹은 물건을 보존하거나 포장할 때도 쓴다. 궁중에서 사용된 보자기는 궁보, 서민이 사용하던 것을 민보라고 나누어 불렀는데 두 가지 모두 옛날 조선시대부터 한국 사람들의 생활에 없어서는 안 될 생활도구였다. 그중에서도 패치워크로 만든 것을 조각보라고 불렀고, 지방에 따라 여러 그림과 기법이 남아 있다. 내가 강하게 끌린 보자기는 강화도 주변에서 많이 볼 수 있다는 삼베 조각보다. 사각형, 삼각형, 직사각형, 정사각형 모양의 삼베 자투리가 우연과 필연에 의해 아름다운 의장意匠으로 짜인다. 바늘 하나로 세상에서 하나밖에 없는 추상화가 만들어지는 것이다. 그것도 이름 없는 여자들의 손에 의해.

작은 조각을 한 땀 한 땀, 한 땀 한 땀. 언제 끝날지 모르는 기약 없는 손바느질이었겠지만, 창조의 기쁨 또한 느꼈을 것이다. 그렇지 않았다면 보자기가 이만큼 편안한 포용력을 가졌을 리가 없다.

보자기는 그 여름의 빛과 바람을 기린다. 여름에 두르고 있으면 맨몸으로 있는 것보다 시원하다고 하는 삼베는 겨울의 영롱한 공기를 한층 투명하게 해 주기도 한다. 이 집에 걸려 빛을 내보내고 바람에 흔들리기도 하는 이 보자기는 다양한 말을 속삭이고 부드러운 선율을 연주한다.

이따금 보자기를 보면 예전 시골길에서 스쳐 지나쳤던 한복 입은 노인의 뒷모습이 떠오른다. 잠시 걷다가 문득 뒤돌아봤을 때, 그 노인은 아지랑이 속에 있다가 이내 모습을 감췄다. 매미 소리가 멀리서 들리는 무더운 오후였다.

직구 승부의 꽃

숯 침봉

꽃꽂이를 할 때는 사실 보이지 않는 부분에서 그 외관의 좋고 나쁨이 결정된다. 꽃을 어느 각도, 어느 방향, 어떤 방식으로 꽂을 것인가. 물속에 있을 때부터 정확히 정해 놓으면, 저절로 디자인이 결정된다. 머리로는 알지만, 꽤 어려운 일이다.

나는 침봉*을 좋아하지 않는다. 침으로 된 봉우리에 줄기를 푹 꽂으면, 그 순간 꽃의 숨이 단번에 끊어지고 내 숨 또한 멎는 기분이 든다. 저 줄기는 비스듬히 38도로, 이 줄기는 오른쪽 뒤에서 23도로 정확히 고정돼 설령 내 의도와 꼭 같은 모습을 유지할 수 있게 해 준다고 해도, 보이지 않는 곳에서 꽃의 목덜미를 조르고 있는 것 같아서 꽃이 너무 애처롭게 느껴진다.

---

* 굵은 침이 꽂혀 있어 나뭇가지나 꽃의 줄기를 꽂아 고정하는 꽃꽂이 도구.

하늘을 향해 쭉 뻗은 줄기와 가지의 기운. 그 힘을 그대로 남겨 두기 위한 도구가 바로 침봉이다. 하지만 바늘 방석 같아서 도저히 못 보겠다. 그럼 어떻게 해야 할까. 꽃꽂이하는 사람의 잔꾀를 발휘할 때다. 가지를 휜다. 아주 약간의 가위질을 해서 구부린다. 줄기를 비스듬히 잘라 꽃병의 각도에 맞춘다……. 꽃을 살살 달래 가면서. 이 순간이야말로 꽃과의 진검승부다.

말은 거창하게 하지만, 매사가 단도직입인 데다가 밀고 당기는 흥정이 서투른 사람이라서, 연근 숲을 발견했을 때는 신이 나서 춤까지 추었을 정도였다. 이렇게 편리한 물건이 있었다니! 연근 구멍에 꽃 한 송이. 번거로울 것도 없고, 승부까지 볼 필요도 없다. 있는 구멍에 꽃을 꽂으면 되기 때문에 아주 명쾌하다. 후련한 마음에 기분이 좋아져서 작은 연근 숲을 두 개 구입했다.

아아, 그 운치 또한 훌륭하다. 수반으로는 이조백자 분반침을 선택했다. 마치 요리사의 모자처럼 굽이 높고 멋있다. 테두리가 야무지게 솟아 있고 군더더기도 전혀 없는 늠름한 모습이다. 그 분반침에 물을 듬뿍 붓고 연근 숲을 얹는다. 여기에, 이를 테면 스카비오사 한 송이를 꽂는다. 연근 구멍의 미세한 곡선을 따라서 가는 줄기를 슥 꽂기만 하면 된다. 어둡고 작은 구멍 속, 줄기와 숲의 반침점만 정확히 정해지면 창문에서 스며드는 미풍에도 흔들리지 않을 것이다.

적당히 타협할 필요도 없고, 시행착오를 겪을 필요도 없다. 목표가 정확히 정해지면 그걸로 끝이다. 이만큼 내 성향과 잘 맞는 방법이 또 있을까. 연근 숲에 꽂은 가을의 코스모스, 겨울의 크리스마스로즈와 수선화는 꽃으로만 그릴 수 있는 세계를 보여 줘 나를 놀라게 한다.

그러고 보니 40년 가까이 지난 지금도 그날 일을 선명하게 기억한다. 마치 일주일 전에 있었던 일인 것처럼.

하늘색 크레용으로 칠한 것처럼 파랗고 화창한 봄날. 나는 하얀 면 블라우스와 끈 달린 짧은 주름 스커트를 입고 있었다. 단짝 친구였던 단발머리 미쓰코와 연꽃 밭에서 뛰어 놀다가 지쳐 쓰러졌는데, 달콤한 연꽃 향기에 숨이 턱 막혔다. 고개를 돌려 연못을 봤더니 알사탕처럼 동그란 연꽃잎이 가득 피어 있었다. 나를 따 줘. 연꽃들의 속삭임을 듣고 우리는 벌떡 일어나 꽃을 따기 시작했다. 연꽃이 순식간에 양손 가득 찼다.

흙물이 들어 손톱 사이가 까매진 나는 양손에 커다란 꽃다발을 하나씩 안고 집까지 뛰어 들어와 부엌문에 서서 헐떡거리며 외쳤다.

"엄마, 컵, 컵!"

그렇게 힘차게 꽃을 꽂고 싶다.

삼가고 있습니다

베트남 모기향로

하얗고 가느다란 연기가 인다. 향기가 인다.

그러자 몸의 세포 하나하나가 반응하기 시작한다. 별안간 술렁이는가 싶더니, 이내 온화한 오후 같은 조용함으로 채워진다. 방의 공기 또한 조용하고 차분해지면서 푹신한 표정을 머금는다. 아무리 생각해도 향은 마술사 같다.

평소에 쓰는 향은 일본의 '우메가카梅が香'지만, 최근 대만에서 사온 '정황기남침향正黃奇楠沈香'은 순하면서도 심지가 굵은 기품을 지니고 있어 요즘 흠뻑 빠져 있다. 아침에 돌돌 말린 모기향 하나를 5센티미터 정도로 뚝 자른다. 저녁 무렵에는 다섯 번 정도 말린 부분을 부러뜨려 불을 붙인다. 향기가 끊이지 않고 계속 나는 것도 좋지만, 그렇게 미리 시간을 정해 놓고 기대감을 증폭시킨다.

좋아하는 향을 피우고 그 향기에 둘러싸이면 머릿속

번잡했던 일들이 스르르 풀어진다.

이런 나만의 즐거움을 주관하는 중요한 역할을 수행하고 있는 것이 바로 베트남 모기향로다. 앤티크 스타일을 내기 위해 일부러 오래돼 보이게 만든 물건인데, 그 모습이 전혀 싫지 않다. 오히려 둥그런 타원형으로 볼록 솟아오른 모양에서 연륜이 느껴지고 금속 재질이 부드러운 분위기를 자아내 바닥이나 서랍 위에 대강 놔둬도 너무 튀지 않는다. 평소에는 제 존재감을 말끔히 지우고 방구석에 물러나 있다.

그러다가 드디어 저녁이 되면, 우선 작고 빨간 불이 붙은 향을 재 위에 살짝 내려놓고 뚜껑을 닫는다. 그 모습에서 뜻밖의 중후함이 느껴지는데, 그렇게 생각해서 그런지 손으로 들어 보면 제법 묵직하다. 이렇게 방 한구석에 향로가 놓이고, 뚜껑에 뚫린 기하학적 무늬의 구멍 사이로 한 가닥의 하얀 연기가 엄숙하게 피어오른다. 그 모습이 마치 하얗고 잔 구름 같다.

솔직히 말하자면, 향 꽂는 도구를 여러 번 샀었다. 작은 구멍에 향을 끼우는 도자기 향꽂이. 혹은 밑이 깊은 접시처럼 생긴 향꽂이. 작은 단지처럼 생긴 향로. 심지어 유리나 나무로 된 것까지. 조선시대에 제사 지낼 때 쓰던 다리 달린 향로를 보고 그 흥미로운 모양새에 깜박 마음이 기운 적도 있었다. 하지만, 결국 어느 하나 나와 맞지 않았다.

어쩐지 너무 거창해 보였다. '여기 향 들어 있어요, 자 이제부터 향을 피우겠습니다'라며 목청 큰 자의식을 풀풀 풍기는 꼴이 거슬렸던 것이리라.

모기가 윙윙 날아다닐 때, '네가 열심히 일하지 않으면 온 집안 식구가 모기 밥이 될 거야. 부탁할게'라고 말하면, '응, 알았어. 나한테 맡겨 둬.' 그렇게 마음이 넓은 이 향로에 향을 피운다. 이때의 편안함이 좋다. 깊이가 꽤 깊어서 바람이 불어도 끄떡없다. 뚜껑이 있어서 재가 날리지 않는다. 어디든 마음 내키는 곳에 가져다 놓을 수 있다.

바닥에 벌러덩 자리 잡은 향이 휘파람을 불면서 시원시원한 얼굴로 운치 있는 향기를 풍긴다. 그 정경이 매우 느긋하다.

만일 베트남에서 이 모기향로를 만나지 않았더라면, 나는 향의 즐거움을 모른 채 살지 않았을까.

차를 마시며 취하다

차茶도 취한다.

술에 취하면 머리가 붕 뜨지만, 차에 취하면 두 발이 땅바닥에서 10센티미터 정도 뜬다. 머리는 맑고 또렷한데, 몸이 붕붕 부유한다. 게다가 차에 취하면 나도 모르는 사이에 시간 도둑을 만나게 된다. 술을 마시면 시간 속에 흠뻑 젖어 무겁게 침전해 가는데, 차를 마시면 시간이 쌩 하고 질주한다. 차 마시면서 정신없이 이야기하다가 기껏 해야 한 시간 남짓 됐으려나 생각해 시계를 보면, 두세 시간이 훌쩍 지나가 있어 기겁을 한다. 그것도 좋은 차일수록, 무엇 때문인지 중국차일수록 그렇다.

대만 차예관에서 늦은 밤에 차를 마신 적이 있다. 배가 터지게 먹고 나서 이대로 택시를 타고 숙소로 돌아가는 건 미용과 건강에 안 좋을 것이라고 의견이 일치했다. 가게에서 숙소까지 걸어서 30분 거리니까 느긋하게 걸어서

돌아가기로 했다. 하지만 45분이나 걸었는데 아직 15분이나 더 걸린단다. 그 이야기를 듣자마자 바로 발이 아프기 시작했다. 바로 그때 우리 눈앞에 쨍하게 불이 켜진 차예관이 나타났다. "들렀다 갈까?" "들르자, 들러."

우리 일행은 심야의 차예관에 스르르 빨려 들어가 동딩우롱차凍頂烏龍茶와 쥔샨인전차君山銀針茶 등 각자 차를 주문하고 싱런수杏仁酥*와 건과 등 다과까지 주문했다.

처음에는 15분만 쉴 생각이었다. 그랬던 것이 한 번 우리고, 그다음 또 두 번 우리고, 어머나, 세 번 우렸더니 맛이 훨씬 진해지네. 저마다 차를 마시며 평가하는 사이, 시간이 훌쩍 흘렀다. 첫 번째 주전자를 맛볼 때마다 혀 위에다가 차를 데굴데굴 굴린다. 목으로 넘긴 뒤에도 입 안에 퍼지는 향을 정신없이 쫓는다. 그리고 다음 차를 마실 때까지 수다 꽃을 피운다. 차 우리는 역할을 맡은 사람은 뜨거운 물의 양과 우리는 시간에 온 신경을 집중시킨다. 문득 주위를 둘러보니 어느 테이블이나 마찬가지 풍경이 반복되고 있다. 대만에서는 술 마시는 모습을 거의 볼 수 없다. 밤이 깊어져도 술집 대신 차예관에 간다. 거봐, 대만 사람들은 차 마시며 기분 좋게 취한다는 게 뭔지 아는 거야. 남자끼리도 찻잔을 사이에 두고 정답게 이야기를 나누고 있다.

* 아몬드를 얇게 저며 물엿 등으로 버무려 굳힌 뒤 자른 과자.

차를 세 종류나 마시고 배가 빵빵해졌을 즈음, 슬슬 갈까요, 누군가 중얼거렸다. 그래야겠죠, 라며 시계를 봤는데 꺅 벌써 새벽 두 시 반이다. 세 시간이 넘었네. 조금 전까지 시간 도둑이 있다가 간 거야.

차 이야기를 하니 그날 밤이 떠오른다. 이야깃거리가 끊이지 않아서 몇 시간이나 수다를 떨었다. 대체 무슨 이야기를 나눴는지 전혀 기억나지 않지만, 기분이 즐거웠던 건 확실히 기억한다……. 차 마시고 취한다는 게 이렇게 멋진 일이라니!

중국차는 팽팽하고 과격하게 취하지만, 일본차는 느릿느릿 취한다. 차를 홀짝이다 보면 분위기가 누그러지고, 기분이 붕 뜨면서 평온해진다. 오후의 따뜻한 양지가 그리워지기도 한다. 마침 그 자리에 있던 마메가시豆菓子*와 아라레あられ*를 좋아하는 접시에 적당히 골라 담으며 우리 꼭 할머니 같지 않냐며 마주 보고 씨익 웃는다.

예를 들면, 옻칠한 작은 쟁반 위에 오래된 세토瀬戸 접시를 얹고 다과를 골라 담는다. 혼자 마시든 누군가와 함께 마시든 마찬가지로. 그 작은 놀이가 자아내는 긴장이 티타임을 특별하게 해 준다.

뜨거운 차를 홀짝이는 느긋한 오후는 꽤나 즐겁다. 그날 밤 차예관에 필적할 만큼.

* 땅콩, 대두 등 콩이나 반죽한 쌀가루를 튀겨 조미한 과자.
* 주사위 모양으로 썬 떡을 볶거나 튀겨 맛을 낸 화과자.

나눔은 즐겁다

나무 도시락

이웃에 단골 꽃집이 있다. 일주일에 사흘은 들여다보는 곳이다. 비록 꽃을 사러 가는 게 아니어도 훌쩍 들르게 된다. 그 작은 가게 안에 들어가 넘치는 산꽃, 들꽃을 바라보다 보면 뭐라 형용할 수 없는 상쾌하고도 강한 에너지 같은 게 온몸에 넘쳐흐른다. 갈 때마다 꽂아 두고 싶은 꽃이 너무 많아서, 우리 집 백자 꽃병에 꽂을까, 아니면 오래된 소쿠리에 꽂을까 한참을 고민한다. 그러다 결국 자전거 바구니 한 아름 잎사귀와 꽃과 나뭇가지를 싣고 기우뚱거리며 돌아오는 길을 재촉한다. 그 순간의 행복함이란!

한편, 내 보물과도 같은 그 꽃집의 여주인은 음식 맛도 잘 아는 사람이라서 아껴 두었던 낫또나 만주, 어떤 때는 선물로 들어온 단새우나 작은 키위 등을 아낌없이 나눠 준다. 어느 날 저녁에는, 일을 하는데 휴대전화가 울렸다. 어라, 구니코 씨다(여주인의 이름을 구니코 씨라고 하겠다).

"나고야에서 지금 막 와라비모치わらび餅 *가 들어왔어요. 부드러울 때 드시려면 오늘 드려야 하잖아요. 댁에 전화했는데 아무도 안 계시는 것 같아서 연락드렸어요."

소문으로 익히 들은 나고야의 와라비모치는 폭신폭신 부드러웠다. 산들바람에도 하늘거릴 정도로 가냘파서 혀 끝에 닿자마자 몸도 마음도 녹아 사라질 것 같았다.

어느 날, 우리 집에 질 좋은 화과자가 많이 들어왔다. 맛있는 걸 혼자 먹는 것만큼 아까운 게 없지. 모두에게 나눠 주자. 사람들 다 같이 먹는 게 좋겠어. 한 명이라도 많은 사람이 '맛있어, 맛있어'라고 하는 걸 듣고 싶어. 그럼, 이 중 세 개는 옆집에 보내고, 그다음 다섯 개는 역시나 구니코 씨 댁에 가져가야겠지. 그런데 어떻게 가지고 가지.

랩에 둘둘 싸기는 싫다. 접시에 담아 가는 것도 과하다. 찬합은 더욱 거창해 보인다. 훨씬 간소하면서도 '맛있게 드시길 바란다'는 마음이 전해지는 도구, 뭐 없을까. 이 것저것 생각하다가 문득 어떤 물건이 떠올랐다. 아, 최근에 구입한 나무 도시락이 있지. 그래, 그게 좋겠어.

이 도시락은 삼나무로 된 사각형 이단 찬합인데, 새로

* 고사리 녹말을 반죽해 만든 떡으로 콩가루나 졸인 흑설탕을 찍어 먹는다.

운 도시락을 하나 장만하고 싶어서 최근에 구입한 것이다. 상쾌한 나무 냄새와 만질만질하고 청결한 감촉이 정성 들여 빚은 봄날의 화과자와 더할 나위 없이 잘 어울린다. 젓가락으로 하나씩 담을수록 무구한 나무 표면이 통통한 과자의 색감을 경쾌하게 북돋아 홀딱 반할 수밖에 없었다. 이건 더 이상 도시락이 아니야. 품위가 넘치는 봄의 정경이야.

이단 도시락을 포개고, 흐릿한 하늘색 지리멘縮緬* 보자기를 골라 꽉 졸라맸다. 자전거로 옮기면 달그락거릴 것 같아 꾸러미를 그러안고 서둘러 꽃집으로 향했다. 참 당연한 마음이었다.

그날 이후 나무 도시락은 화과자 상자가 되었다. 뜻밖의 용도를 부여받은 셈이다. 하지만 가장 즐거웠던 건 나무 도시락을 선택하는 과정이었다. 어떻게 담아 가면 기뻐할까. 그 사람에게, 그 사람이기 때문에 이렇게 담아 가고 싶다. 설레는 마음이 도시락 안에 살아 있어서 오히려 내가 '고맙다'며 감사하고 싶어졌다.

* 표면이 오글쪼글한 비단.

고등어초밥과 버터

나무 버터 케이스

교토에 갈 때마다 사러 가는 것이 있다. 시모가모 신사에서 그리 멀지 않은 곳에 있는 '하나오레'의 고등어초밥이다. '하나오레'는 원래 사바가이도鯖街道* 종점인 시가 오쓰가 본점이지만, 교토에도 분점이 하나 있다. 고등어초밥 한 마리의 가격은 4,830엔. 묵직한 무게가 느껴지지만 이 묵직함을 안고 집으로 돌아오는 길은 너무나도 가슴 설렌다. 요즘은 온라인 주문이 유행이라지만, 직접 사들고 오는 노고와 품을 들이지 않아서 그런지, 먹을 때 드는 감사한 마음과 기대감까지 반감되는 느낌이다. 일년에 한두 번 포렴을 가르고 들어가 직접 구입하는 것이 좋다.

그리고 직접 찾아가야 하는 이유가 하나 더 있다. 바로

---

* 후쿠이 현 오바마 항에서 교토로 어패류를 운송하던 경로. 주로 고등어를 운송했기 때문에 '고등어(鯖) 가도'라고 불렸다.

가게 구석에 진열돼 있는, 즉석에서 찐 도치모치とち餅*를 사기 위해서다. 이 고장, 오쓰의 아주머니들이 손으로 만들어 차원이 다른 도치모치를 두 개 산다. 돌아오는 신칸센 안에서 서둘러 한 입 베어 물 때 느껴지는 행복은 묵직한 고등어초밥이 주는 보너스일지도 모른다.

한편, 도쿄 우리 집에 돌아오자마자 서둘러 포장을 풀면, 고등어초밥을 감싼 대나무 껍질이 나온다. 둘둘 말린 대나무 껍질 위로 얇게 찢은 대나무 끈 세 갈래가 꽉 묶여 있다. 이 모습만 봐도 벌써부터 혀가 욱신거린다.

옛날에 대나무 껍질은 주먹밥을 쌀 때 빼 놓을 수 없는 주방 도구였지만, 지금은 아무도 쓰지 않는다. 어린 시절, 엄마가 정육점에서 소고기를 사 오면, 그 소고기가 대나무 껍질에 싸여 있었다. 스키야키를 먹는 날 저녁에는 대나무 껍질에 싸인 고깃덩어리가 유난히 크고 두껍게 부풀어 있었고, 그 귀퉁이로 언뜻 하얀 비곗살이 보였다. 침을 꼴깍 삼켰다.

잎사귀 한 장, 껍질 한 장, 널조각 한 장. 이들이 만들어 내는 맛이 있다. 감잎초밥柿の葉寿司*, 연어초밥, 송어초밥. 고다이노사사즈케小鯛の笹漬け*. 그리고 가시와모치柏

● 칠엽수의 떫은맛을 빼낸 열매를 찹쌀과 함께 쪄서 빚은 떡.
● 한입 크기의 초밥을 감잎에 사서 누른 나라 현 부근의 향토요리.
● 황돔의 치어를 식초에 절여서 작은 조릿대 잎과 함께 넣어 삭힌 것.

餅˚와 사쿠라모치桜餅˚. 모두 잎이 없었다면 결코 탄생할 수 없었을 음식이다. 지라시즈시ちらし寿司˚나 에키벤駅弁˚에는 얇게 벗긴 삼나무 껍질이나 화백나무를 쓰는데, 밥의 습기를 흡수하고 가벼운 향을 더해 준다. 방금 반죽해 만든 메밀국수나 우동도 청결한 나무 도시락에 넣어 보관하면 좋다. 뜨끈뜨끈 갓 구운 다코야키 또한 플라스틱 용기에 담으면 수증기 때문에 질척거려서 딱 질색이다. 무늬목에 담긴 게 아니면 다코야키라고 인정할 수 없다. 주먹밥, 다코야키, 초밥. 사람 손끝으로 만드는 음식일수록 자연에서 온 나무의 존재와 잘 어울린다. 왜 그럴까. 그러고 보니 유럽의 치즈도 얇게 깎은 나무 상자에 담겨 있잖아.

버터를 넣어 보관하는 용기로 적당한 게 없는지 쭉 찾아 왔다. 플라스틱은 말할 것도 없고, 유리 용기는 지방이 하얗게 들러붙어서 쓸수록 청결해 보이지 않았다. 그렇다고 해서 일일이 소분해 냉동하자니, 쓸 때마다 꺼내기도 번거롭다. 레스토랑처럼 작은 도자기 케이스에 넣어두면 늘 깨끗하게 쓸 수 있었지만, 이 습관도 반년 정도 지나니 귀찮아졌다. 결국 버터 보관 문제는 영원한 미결로 남는구나, 라며 깔끔히 단념하려고 했다. 하지만,

● 떡갈나무 잎에 싼, 팥소를 넣은 찰떡.
● 밀가루를 반죽해 얇게 민 다음 팥소를 넣고 벚나무 잎으로 싸서 찐 떡.
● 달걀부침, 양념한 채소, 생선 등을 식초로 간한 밥 위에 흩뿌린 스시.
● 철도역에서 파는 도시락.

바로 그때 이 버터 케이스를 만났다.

벚나무를 깎아 만든 이 케이스는 나뭇결 자체가 가진 아름다움도 훌륭하지만, 청결함 또한 다른 도구들과 차원이 다르다. 그 이유는 벚나무의 나뭇결이 지방분을 적절히 흡수하기 때문이다. 유리나 플라스틱 표면에 부딪혀서 지저분해 보이던 자투리 버터에게 이 케이스는 본연의 아름다움을 더욱 드러내는 수단이 된다. 이 얼마나 영리한가! 이 작은 상자 안에 자연의 섭리가 작용하는 것이다.

그 이후로 나는 이 용기의 광고부장을 자처하고 있다. 홍보 문구도 이미 정해져 있다. "고등어초밥에는 대나무 껍질. 버터에는 나무 케이스."

줍는 신 있으리니

빈 치즈 케이스

벌써 20년도 더 된 일이다. 그 당시 이웃에 살던 젊은 엄마가 '이런 걸 만들어 봤어요. 별것 아니지만 드세요'라며 음식을 건네줬다. "케이크예요. 한 번 드세 보세요." 어머나, 이런 귀한 걸. 잘 먹을게요. 아이, 고마워라.

기다리고 기다리던 간식 시간, 밀크 티인가 뭔가를 정성껏 내리고 입맛을 다시며 묵직한 사각 케이크를 잘라 접시에 옮겼다. 바로 그 순간, 어라? 알 수 없는 위화감이 뇌리를 스쳤지만, 식욕과 호기심이 그 감정을 부정해 버렸다. 자, 그럼 일단 먹어 봅시다. 포크를 쥐고 케이크에 푹 꽂았다.

어머, 꽤 딱딱하네. 하지만 손끝으로 전해지는 건 딱딱함뿐만이 아니다. 뭐랄까, 끈적한 점성과 기묘한 묵직함이랄까. 입 안에 넣었더니 점토를 씹는 것처럼 질척하게 들러붙고 실처럼 쭉 늘어진다. 어렴풋이 코코아 풍미도 느껴진다. 하지만…… 더는 못 먹겠어. 무조건 항복이다. 나는 겨우 한 입 먹고 포크를 조용히 내려놓았다.

며칠 뒤, "어머, 안녕하세요!" 채소가게 앞에서 우연히 만난 그녀가 뭔가 묻고 싶어 하는 표정으로 나를 보기에 바로 눈치를 챘다. 무슨 말이라도 해야 하는데. 뭐든 좋으니 '감상'을 전해야 해.

"저기, 그때 그 케이크 어떻게 만들었어요?" 이때 내뱉은 한마디를 나는 두고두고 후회하게 되었다. 돌아온 대답이 너무 충격적이었기 때문이다.

"아, 그거. 일단 깨끗하게 씻어 말린 우유 팩에 먹다 남은 빵의 하얀 부분만 잘라서 채운 다음 꾹꾹 눌러요. 거기에 코코아랑 설탕을 넣고 액상 생크림을 채운 다음, 새지 않게 밀봉해요. 그런 다음, 냉장고에 서너 시간 두었다가 꺼내서 우유팩을 찢으면 완성이에요. 간단하죠?"

그랬구나. 남은 빵을 우유팩에 꾹꾹 눌러 담았다고. 그래서 그렇게 질척거렸구나. 이제야 완전히 알았어.

그녀와 마찬가지로 젊은 엄마였던 나는 그날 집에 돌아와 마음속으로 결심했다. 남은 음식을 재사용하는 '멋진 주부'는 평생 되지 말자. 남은 화과자 상자를 모아 두는 것도, 빈 전병 캔에 안 쓰는 끈을 꽉 채워 두는 것도 사양하겠어. 알뜰한 살림과 인색한 살림의 간극은 정말 미묘한 차이니까.

그런데 바로 얼마 전, 나는 '멋진 발상'을 하나 하고 나

PETIT LIVAROT
FABRIQUÉ EN NORMANDIE
LIVAROT APPELLATION D'ORIGINE CONTRÔLÉE
PIERRE
LEVASSEUR
250g
45%
Ce petit livarot issu des meilleurs laits, ceux du
Pays d'Auge, a été affiné en nos caves
avec une attention et un soin constants.
La qualité
LAITS SÉLECTIONNÉS DU PAYS D'AUGE
PETIT PONT L'EVÊQUE
FABRIQUÉ EN NORMANDIE
PONT L'ÉVÊQUE APPELLATION D'ORIGINE CONTRÔLÉE PONT L'ÉVÊQUE
E. GRAINDORGE
FABRICANT DEPUIS 1910
220 g
45%
LIVAROT
3 252950 043010
CALVADOS

서 기분이 매우 좋아졌다. 그건 바로 프랑스산 치즈 케이스(퐁레베크였습니다만)에 이쑤시개를 넣어 두는 것이다. 나무로 된 그 조잡한 분위기가 절묘하게 멋있어 보였다. 무엇보다도 이쑤시개 길이와 두께에 딱 맞았다. 윗부분이 2센티미터 정도 남아서 그곳으로 손가락을 넣으면 재빨리 하나를 쏙 꺼낼 수 있다. 뭐니 뭐니 해도 빨간 종이 라벨이 너무 귀여웠다. 그동안 이쑤시개 케이스를 찾고 또 찾았지만 마음에 드는 게 없어 완전히 포기한 상태였다. 설마 이쑤시개가 이런 상자에 들어 있겠어, 상상이 가지 않는다는 의외성도 마음에 쏙 들었다.

태어나서 처음이었다. 빈 상자 때문에 가슴이 두근거리다니.

하지만 조금 전 잡지에서도 비슷한 이야기를 읽었다. 독일에 사는 부인이 예전에 어떤 분께 옷인가 뭔가를 선물했는데, 일본 유명 백화점 포장지로 잘 알려진 장미꽃 포장지에 포장해 건넸다고 한다. 그러고 나서 몇 년 뒤, 그녀가 선물을 하나 받았는데, 놀랍게도 그 선물이 익숙한 장미꽃 무늬 포장지에 싸여 있었다. 심지어 이곳저곳 테이프를 붙였다가 뗀 흔적과 함께. 이 포장지가 여러 집을 떠돌다가 다시 그녀에게 돌아온 것이다.

아, 너무 좋은 이야기다. 빈 상자와 포장지도 모아 두면 다 쓸모가 있구나. 이런 말을 하는 걸 보니 나도 이제 나이가 드나 보다.

차, 마시게

이즈모 거리에는 전통과자점이 많이 있다.

"저기 봐, 줄 서 있어."

"어머, 이쪽 가게도 북적북적하네."

마쓰에의 과자 맛은 익히 들어 알고 있었다. 일본식 고급 백설탕을 틀에 넣고 찍어 내는 '오토메가시御留菓子', 이치리키도의 '히메코소데姫小袖'와 선명한 유채꽃색이 특징인 산에이도의 '나타네노사토菜種の里'. 유명한 과자는 여럿 있지만, 그것이 전부가 아니다. 이 고장 사람들은 인기 과자 가게의 대표 과자를 본인이 원하는 만큼 구입해 맛본다.

그건 마쓰에 사람들이 그만큼 비할 데 없는 차 애호가이기 때문이다. 상인이 차를 즐기는 게 금기였던 시절에는 남의 눈을 피해 찻집을 만든 고장이다. 작가 가이코 다케시開高健도 언급한 적이 있다. "이곳에는 여전히 후마

이 공이 살아 숨 쉬고 있다. 누구나 '묽은 차'라는 걸 마신다. 어느 집에나 찻잔과 다기가 갖춰져 있다. 어릴 때부터 녹차 대신 말차를 마시며 자란다."(《새로운 천체新しい天体》 중에서)

그래서일까. 사실 신기하게도, 이곳의 차는 마시는 사람을 긴장시키지 않는다.

"후아미류*에는 '부디 당신의 예법으로 드시기 바랍니다ご流儀でおあがりください'라는 말이 있습니다. 이건 말하자면, '부디 당신의 언어로 이야기해 주세요'와 비슷한 의미입니다."

후마이 공은 만년에 이런 명언을 남겼다.

"다도는 이나바稲葉*의 아침이슬처럼, 고엽枯葉에 피는 패랭이꽃과 같아야 한다."

"손님의 마음으로 주인이 되어라. 주인의 마음으로 손님을 맞아라. 관습에 구애되고 도리에 얽혀 지나치게 엄격한 다인은 시골 다도라고 비웃음 들을 것이다. 우리의 예법을 고집해서는 안 된다."

아침이슬처럼 깨끗하고 반짝반짝 빛나며 산뜻하고 허무하게. 풀 마른 들판에 피는 패랭이꽃처럼 조용하고 조신하게. 무한한 자연에서 배우고 주객이 서로에게 마음을 써라. 철저히 너그럽게.

● 후마이 공이라 불리는 마쓰다이라 후루사토가 만든 다도법.
● 지금의 돗토리 현을 말한다.

차에 대한 그런 마음이 후마이류의 정신으로 지금까지 소중히 계승되고 있다. 후마이 공이 좋아하던 찻집으로 알려진 마른 초가지붕의 정취가 돋보이는 메이메이안을 방문하고 돌아왔다. 마쓰에성을 올려다보고 성을 빙 둘러 흐르는 호리카와 강가를 산책하다가 발길을 더 옮겨 마쓰에 대교가 놓인 오하시강까지 걸었다. 하늘을 뚫고 나갈 정도로 푸른 날이면, 강 표면에 난반사된 빛의 잔물결에 둘러싸여 이 물의 도시가 유독 특별한 땅처럼 느껴진다. 신지호 또한 그렇다. 한 번도 본 적 없는 풍경이었다. 수평선 너머로, 마치 표면장력을 최대한 확장한 것처럼 아득하게 호수가 가득 차 있다. 호수를 건너는 바람에 살랑이면서, 마치 치리멘의 주름처럼 자잘하게 조용하게 일렁인다.

출렁, 출렁. 소리 없는 '소리'가 머릿속에 울린다. 그곳에 아무렇게나 던져진 타는 듯한 불의 색, 먹색 섞인 적갈색…… 빛의 다발이 시시각각 색을 바꾸다가 갑자기 태양이 건너편으로 스윽 모습을 감춘다. 신지호는 그렇게 어둠에 둘러싸였다.

이 아름다운, 그러나 온전한 너그러움 속에서 성장한 마쓰에의 차의 정신은 과연 한없이 평온했다. 이즈모 지방 사투리 중 이런 말이 있다. "차, 마십시다ぃ、のまや." 그러고 나서 찻주전자와 차 퇴수기를 앞에 두고 유유히 티타임을 즐긴다.

이 찐빵 찜기는 그런 이즈모라는 땅이라서 탄생할 수 있었던 도구다. 손님이 오시는 겨울날, 역 근처로 부랴부랴 찐빵을 사러 간다. 그리고 찐빵을 천으로 싸서 이 찜기에 넣어 놓고 손님이 도착하는 대로 찌기 시작한다. '앗, 뜨거워!' 하는 소리와 함께 귓불을 잡고 찐빵을 한 입 베어 물고 차를 마신다. 이런 오후에는 서로 시간을 깜박 잊어서 으레 손님을 오래 붙잡아 둔다.

밤에 쓰는 편지는

편지지와 편지봉투

편지는 늘 깊은 밤에 쓴다. 엽서나 컴퓨터라면 낮에도 쓸 수 있지만, 공들여 고른 봉투와 편지지에 끄적이고 싶은 날의 편지는 역시나 밤이다.

업무용 책상이 아니라 거실 테이블로 향한다. 창문을 크게 열어젖히고 가을바람에 흔들리는 정원의 나무 그림자를 멍하니 바라보다 보면, 조금씩 만년필 끝에 마음이 모아진다. 다 쓰면 그것으로 끝이다. 탈고하거나 다시 쓰지 않는다. 종이에 잉크가 스미는 그 순간, 한 글자 한 글자에 생명이 피어나고, 언어가 우뚝 일어선다. 이는 '쓴다'는 행위가 주는 원초적 쾌감임이 분명하다.

"'글씨는 언어를 쓰는' 자리에 생기는 표현입니다." 즉, 글씨는 선의 아름다움도 아니고 문자의 미술도 아니며, 쓰는 이의 개성을 나타내는 것도 아니다. 언어 그 자체를 만들어 내는 것이다. 서예가 이시카와 규요石川九楊 씨는

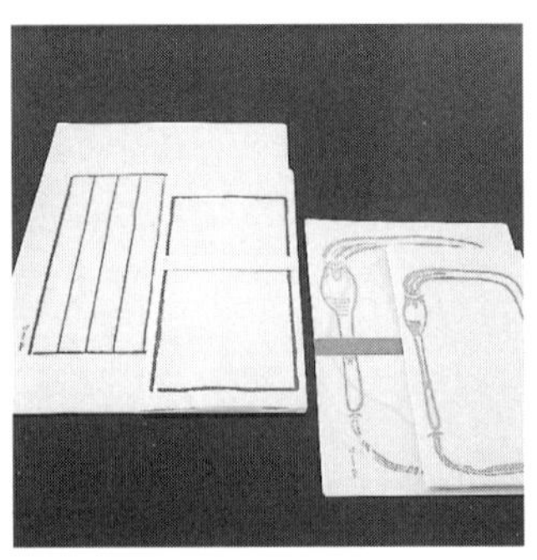

《서예에 정통하다書に通ず》라는 책을 통해 단호히 표명한다. 우리의 손을 잡고 '글씨를 쓰는' 즐거움이란 샘물로 인도해 주는 열정 넘치는 책이다.

"머릿속에서 희미하고 아련한 의식에 불과했던 상념이 쓰는 행위로 인해 조금씩 자신의 모습을 드러내고, 언어로 바뀌어 갑니다."

우선 만년필 끝을 종이에 꾹 댄다. 그곳에 강한 의지라는 힘이 더해지고, 그 뒤 만년필 끝이 종이에서 떨어진다. ……. 문장을 쓴다는 행위는 곧 상념과 손끝이 격렬하게 맞버티며 언어라는 드라마를 탄생시키는 행위다. 그래서 심야에 쓰는 편지가 그토록 온 신경을 하나로 모아 주는 것이었다.

직업적 성향도 한몫해, 엽서나 편지지가 자주 들어온다. 그곳에는 손이 일군 기억의 형태가 새겨져 있고, 나는 그것을 매일의 시간 속에서 품어 기른 '문학'이라고 생각한다. 평생 글자와 인연이 없다고 생각해 온 사람이라면, 더더욱 이 책을 추천하고 싶다. 내게 이러한 깨달음을 준 책이다.

한편, 편지에 필적하는 '일상의 문학'이 있다면, 그것은 역시나 일기일 것이다. 쇼와 덴노의 시종장이었던 이리에 스케마사入江相政가 죽기 직전까지 썼던 기록문, 읽다 보면 나도 모르게 얼굴이 빨개지는 메이지의 대작가 도쿠토미 로카德富蘆花의 폭로 일기, 묘에 쇼닌明惠上人*과 요코오 다다노리横尾忠則*의 꿈 일기…… 등.《너무 재미있는 일기들思しすぎる日記たち》의 저자 가모시타 신이치鴨下信一는 마음이 이끌리는 대로 다양한 일기를 읽어 보라고 조언한다.

자유로운 필치가 돋보이는 독특한 '자서전'의 단편에 무엇이 쓰였고 무엇이 쓰이지 않았는지를 해독하다 보면, 마치 추리게임을 하는 것 같아서 다른 '문학'에는 없는 특이한 흥분을 느낄 수 있다.

신중히 고른 언어를 글로 쓴다는 행위는 지금 이 순간을 결산하는 일이다.

아버지가 돌아가시고 어머니가 돌아가시기 전 97일이라는 시간 동안 저자 본인이 걸어온 인생 반세기를 언어

* 가마쿠라 전기의 화엄종 승려.
* 그래픽 디자이너.

에 기대 결산하는 나가쓰카 교조長塚京三의《나의 배우 수업僕の俳優修業》을 읽으면서, 나는 그런 생각이 사무쳤다.

그 필치를 보면, 어떤 때는 못으로 세게 긁듯 고통스럽고, 어떤 때는 농부가 흙을 일구듯 독실하다. 또 어떤 때는 그저 또렷하게 사실을 그려 낸다. 이시카와 규요는 이것이 바로 '쓰다'라는 행위의 깊이라고 말한다.

오랜만에 편지를 쓰고 싶다.

편지지는 최근 교토 '스잔도하시모토'에서 산 붓이 그려진 것으로 하고, 봉투는 부드러운 전통 종이를 골랐다. 받는 이는 며칠 전 8년 만에 우연히 만난 옛 친구. 그의 얼굴을 떠올리면서 편지지에 잉크를 천천히, 그러나 강하고 깊게 물들여 본다.

나를 행복하게 하는

백자

굴 속을 파낸 껍질 안에 설탕과 리큐어를 혼합한 굴 주스를 넣고 차갑게 해 먹는 그리운 옛날식 얼음과자가 있다. 교토 무라카미가이신도의 과자 '고즈부쿠로好事福盧'다. 입에 닿았을 때 차갑고 탱탱한 감촉이 혀 위를 타고 목구멍으로 미끄러지고, 그 뒤로 굴의 은은한 단맛과 신맛이 남는다. 요즘의 세련된 과자에는 없는, 말하자면 찐득하고 소박한 맛인데, 그 점이 좋다.

무엇보다 '고즈부쿠로'라는 이름이 마음에 든다. 이 굴색 안에는 뭔가 좋은 게 담겨 있어. 지금 나는 스푼으로 작은 복을 뜨고 있는 거야. 먹을 때마다 그런 생각을 하게 한다.

한편, 누구나 품속에 소중한 '고즈부쿠로' 한두 개 정도는 가지고 있지 않을까. 주머니를 열고 그 안을 들여다보면 안도의 한숨이 후 새어 나오고, 경직된 어깨가 풀리면서 힘이 펄펄 날 것 같은 '복이 가득 든 주머니'를 말이다.

나의 '고즈부쿠로'는 백자다. 도자기는 백자가 단연 최고라고 생각한다. 흰색은 형태를 뚜렷하게 드러낸다. 모양과 색채와 디자인을 배제하고, 모든 군더더기를 깨끗이 씻어 내면 흰색만이 남는다. 그 흰색은 형태뿐만 아니라 그곳에 깃든 정신까지 뚜렷하게 드러낸다. 비정할 정도로 말이다.

그 긴장감이 주는 편안함과 엄격함. 반면, 모든 것을 내포하려는 듯한 포용력과 따뜻함. 흰색 안에 상반된 진리가 숨 쉬고 있다. 그 덕에 나는 백자에 영혼을 빼앗긴다.

하지만, 흰색도 다 같은 흰색이 아니다.

우리 집은 사소한 이유 때문에 벽지와 천장이 모두 흰색이다. 얼마 전 바닥에서 천장까지 닿는 크기의 신발장을 새로 짰는데, 그 또한 전부 흰색이다. 이게 생각보다 보통 일이 아니었다. 흰색이, 내가 생각한 흰색 목재가 아무리 찾아도 없는 것이다. 모든 목재 카탈로그를 찾아봤지만, 어디에도 없었다. 데콜라デコラ 같은 얄팍하고 번질번질한 흰색뿐이었다. 아무리 생각해도 이상했지만, 불평한다고 해도 별 수 없는 일. 어떻게 해서라도 만족할 만한 깊이 있는 흰색을 만들어 내야 한다. 건축가와 시공자 모두 깊은 한숨을 내쉬었다.

결국 여러 번의 시행착오를 거쳐 원하는 그대로의, 아니 그 이상으로 완성도 높은 물건을 만들어 냈다. 아래

글은 직접 만들어주신 건축가 고오리 유미 씨가 어느 잡지의 부탁으로 보낸 글의 일부다. 길지만 그대로 인용하겠다.

히라마쓰 씨 댁을 처음 방문했을 때, 솔직히 너무 작아서 깜짝 놀랐습니다. 그리고 그 작은 공간을 정말 잘 활용해 살고 계신다는 점이 인상적이었어요. 마침 일본식 다실에 들어갔는데, 주변 소품에 대한 감각이 매우 날카로워서, 마음의 결이 점점 작고 섬세해지는 듯한 감각을 느꼈습니다. 일본의 가옥을 해외(구미)와 비교해 토끼장이라고 자주 이야기하는데, 히라마쓰 씨 댁을 방문하고 나서 '작은 집이라고 해도 이렇게 고안해 지내면 정말 풍부한 공간이 되는구나' 싶었어요. 일본의 다른 분들에게 알리고 싶다고 생각했습니다.

이런 생활을 실현하려면 물건 하나하나에 신경을 많이 써야 합니다. 예를 들어 이번에 현관 신발장을 만들 때는 기능뿐만 아니라 소재, 색, 인상 등에 대해서 충분히 이야기를 나눴습니다. 그리고 신발장 색을 벽과 같은 흰색으로 하자는 결론에 도달했습니다. 소품을 장식할 수 있는 디자인이어야 하고, 그와 동시에 수납공간도 확보했으면 좋겠다는 요청을 만족시키기 위해 장식장 패턴을 몇 종류인가 제안했습니다. 그리고 그중에서 이번 작업과 가장 적합한 것을 골랐어요.

하지만 가장 힘들었던 건 그 이후였습니다. 흰색이라고 해서 단순한 흰색이 아니라 백자처럼 깊이 있는 흰색이 좋을 것 같다는 이야기를 하셨습니다. 단순하게 페인트로 칠한 흰색은 싫다, 그렇다면 어떻게 그 흰색을 만들어 낼 것인가가 고민의 씨앗이었습니다. 같은 흰색이라고 해도 그 넓이와 깊이가 끝이 없다고 여기기 시작하면 문제가 예술의 세계로 편입되고, 그렇게 되면 평범한 페인트가게나 가구점에 부탁할 수 있는 작업이 아니죠.

캔버스에 흰색 그림물감을 바른 작품을 본 적이 있는데, 그때 본 그림처럼 예술가에게 부탁해 하얀 페인트를 다른 색과 조금씩 섞어 가며 발라 달라고 하는 수밖에 없다는 결론에 이르렀습니다. 하지만 그걸 이번에 실현하기는 매우 어려웠습니다. 그래서 생각한 게 나무 특유의 고르지 않은 결과 색을 역으로 이용하는 거였어요. 그걸 남기는 형태로 가자. 그래서 나무 위에 흰색 페인트를 바르기로 했습니다.

흰색이라고 했을 때 일본인이 떠올리는 건 타일처럼 반짝이는 하얀색이 아닐 거예요. 따끈따끈 김이 나는 흰쌀밥의 색깔일 수도 있고, 깊은 고요함을 머금은 두부의 색일 수도 있죠. 아니면, 먼 이국을 떠오르게 하는 백자 같은 색일 수 있지 않을까.

색으로서의 흰색이 아니라, 소재로서의 흰색이라는 걸 깨달았습니다. 그래서 우리는 다양한 나무에 다양한 농도의 흰색을 발라 몇 가지 견본을 만들었습니다. 그리고 그중에서 가장 느낌이 좋은 것을 골랐습니다. 이렇게 해서 흰색이지만 그늘을 머금은, 명상적인 흰색이 태어났습니다.

이렇게 만들어 낸 '흰색'의 매력은 대단히 뛰어났다. 지금도 이따금 허리를 쭉 펴고 신발장을 보면 아주 조금 긴장이 되기도 하고, 반대로 깊은 안도감이 들기도 한다. 최근 중국 시골마을을 먼지투성이가 돼서 여행하고 저녁 무렵 막 돌아와 트렁크를 끌고 현관을 열었다. 그 순간 흰색이 그곳에 조용히 펼쳐져 있는 걸 보고 마치 웅장한 이랑에 몸을 맡긴 듯 편안함을 느꼈다. 긴 여행의 피곤함이 단번에 치유되었다.

신문을 가지러 가는 이른 아침에는 그 흰색의 깨끗함

으로 청렬한 샤워를 하는 듯하다. 아무도 없는 오후의 흰색은 기분 탓인지 나른하고 온화하며 과묵하다. 그리고 심야의 흰색은 조개껍데기 안에 있는 것처럼 시간의 흐름을 꼭 끌어안고 영원히 잠들어 있다.

나는 이것과 꼭 같은 상념을 백자 안에서 건져 낸다. 이조백자의 편호扁壺, 도쿠리, 공기, 병, 사발, 제기. 하얀 델프트 타일. 세토의 꽃병과 히이레火入れ*. 고古 이마리의 장국 그릇. 오래된 잉크병……. 아아, 끓어오르는 상념과의 대화가 너무 즐거워서 결국 내 주변에 백자만 즐비하다. 그뿐 아니라, 세토의 꽃병을 예로 들면 큰 고랭이를 빽빽하게 꽂았을 때와 튤립 다발을 아무렇게나 꽂았을 때가 완전히 달라 보인다. 이조백자 제기에 동백꽃 한 송이를 꽂으면 백자가 두껍게 쌓인 눈이 되고, 작은 복숭아 가지를 꽂으면 순진무구한 아이의 통통한 손바닥이 된다.

백자는 긴 세월을 함께 지냈어도 '어라? 이런 모습도 있었던가' 하고 덜컥 놀라게 하고, 기쁘게 해주며, 당황하게도 하고, 놀리기도 한다.

그래서 내 '고즈부쿠로'는 언제까지나 마를 일이 없다.

---

* 담뱃불 등을 붙이기 위한 불씨를 넣어 두는 그릇.

죽느냐 사느냐

수선

고양이 뺨만큼 작은 정원이라고 해도 봄을 지내고 나면 흙 속에서 잡초가 잇따라 쑥쑥 차고 올라온다. 그대로 내버려 둬도 아무 일 없지만, 문득 마음이 동해 잡초를 뽑기 시작하면, 이게 또 멈출 수가 없다.

잡초 뽑기는 부지런히 손을 놀리는 동안 머릿속이 텅 비어 갈 때의 쾌감이 있지만, 신기하게도 무언가가 번쩍 떠오를 때도 있다.

아아. 빨래를 말리러 나간 김에 정원 구석에서 아직도 꽃(꽃처럼 생겼지만, 사실은 꽃받침이다)을 피우고 있는 크리스마스로즈를 보러 간다. 뿌리 근처에 자란 잡초를 뽑는데 문득 7, 8년 전 실수로 깨뜨린 세토瀬戸의 작고 오래된 접시가 생각났다.

잊고 있었다. 정말 새까맣게 잊고 있었다. 고쳐야 한다는 생각은 했다. 아니, 실제로 고치려고 골동품가게에 들고 갔었다. 하지만 이런 건 간단하니까 본인이 직접 하시라며 돌려받았다. 제가 못하니까 부탁드리는 거잖아요, 라고 대꾸하고 싶었지만, 가게 주인이 너무 딱 잘라 거절해서 얼떨결에 받아 들고 집으로 돌아오고 말았다.

고치는 건 젬병이다. 고치기 시작하면서 이내 마음이 조급해진다. 그리고 '이렇게 하고 싶다'와 '이렇게밖에 못한다'의 간극 때문에 애를 태운다. 따라 주지 않는 내 손이 철저히 나를 괴롭힌다. "수선하는 것도 뭔가 고치는 것도 도저히 못하겠어." 그렇게 고개를 떨군 그날 일이 커다란 굴욕감과 함께 또렷하게 되살아났다.

거의 20년 전, 무거운 몸을 겨우 일으켜 밑단이 풀린 스커트를 무릎 위에 얹고 휘갑치기를 막 끝냈을 때였다. 와, 다 됐다! 한 땀 한 땀 열심히 바늘을 놀렸더니 매듭이 꽤 예쁘게 된 것 아닌가. 보람이 느껴졌다. 후후. 나도 마음만 먹으면 이 정도는 할 수 있어. 한바탕 일을 끝냈다는 개운함과 함께 무릎 위에 있던 스커트를 확 들어 올렸더니, 으악! 입고 있던 내 스커트가 순식간에 허공으로 휙 솟아올랐다. 그 순간에는 무슨 일이 일어난 건지 이해할 수 없었다. 올라간 스커트 끝을 더듬더듬 찾는 동안, 아무도 안 보는데도 얼굴이 새빨개졌다. 등줄기로 소름이 돋았다. 아니 글쎄, 내가 입고 있던 스커트와 방금 전까지 수선하고 있던 스커트가 착 달라붙어 있는 것 아닌가. 그것도 50센티미터나. 그러니까 입고 있던 스커트와

함께 열심히 바느질을 한 셈이다.

한편, 그렇게 돌려받은 세토의 작은 접시는 신문지에 싸인 채 얼마간 방구석에 방치되어 있다가 머지않아 선반 안으로 들어가는 신세가 되었다.

고치는 법 하나, 수선하는 법 하나로 죽느냐 사느냐는 종이 한 장 차이다. 금색 선 한 줄의 두께가 전체를 망칠 수도 있다. 언젠가 골동품 가게 앞에서 이가 나간 장국 그릇을 봤는데, 그 청초한 그릇에 걸쭉한 금색 무늬를 넣어 고친 걸 보고 차마 말이 나오지 않았다. 장국 그릇에 호화찬란한 금색 무늬라니! 자신의 기술을 과시하려는 마음이 엿보여 안쓰럽기도 했지만, 무엇보다도 물건으로서 균형이 매우 나빠 보였다.

때때로 잡지에서 '긴쓰쿠로이金繕い*나 요비쓰기呼び継ぎ(각각의 파편을 맞춰 하나의 모양으로 수선하는 방법)를 스스로 해 봅시다'라는 특집 기사를 본다. 멋있는 일이라고 생각한다. 그래서 우선 읽어 본다. 하지만, 그 이상 나아가지 않는다. 목욕할 때조차 가지고 있고 싶을 정도로 아끼던 스커트에 깜박 실수한 나 자신에게도 화가 치미는데, 눈 뜨고 차마 볼 수 없는 모습으로 바꿔 놨으니……

아, 기왕 수선을 한다면, 기왕 고쳐야 한다면 이전 모습과는 다른 새로운 아름다움을 부여하고 싶다. 아, 고치

* 금이 가는 등 파손된 도자기를 옻으로 붙인 다음 금가루로 장식해 마무리하는 수복 기법.

지 말걸. 깨진 그대로 둘걸 그랬다는 생각이 조금이라도 들까 봐 너무나도 두렵다.

그렇게까지 생각할 게 뭐 있어. 그래도 깨진 채 두는 것보다 낫잖아. 누군가 그렇게 말하면 으레 이조백자 호리병을 꺼내 보여준다. 긴쓰쿠로이로 고친 무심한 선이 이 병을 더욱 각별한 것으로 보이게 한다. 하지만, 그 반대의 경우도 충분히 있을 수 있잖아요? 하고 말하면 물건을 좋아하는 사람일수록 솔직하게 그렇지, 하고 수긍한다.

그렇지? 그러한데, 스커트 두 벌을 붙여서 바느질한 내가 '수선'이라는 폭거를 어떻게 행할 수 있겠어……. 내 멋대로 이런 결론에 이르고 나면, 잡초 뽑기가 마침 알맞은 정도로 끝나 있다.

접시는 대강 두는 것이

"접시 받침대에 접시를 세우는 것도 모자라 감상까지 하다니. 그런 취미는 원하지 않아요."

미술 평론가가 불쾌하다는 듯 말하고 나서 담배연기를 후 내뿜었다. 오전에 모 씨 댁에 초대를 받아 가 보니 수많은 접시가 이곳저곳 '세워져' 있더란다. 그 여봐란 듯한 광경에 심기가 불편해져 집에 돌아가는데, 우연히 나와 마주친 것이다.

"그럼 늘 바라보고 싶고, 곁에 두고 지내고 싶은 접시가 생기면 어떻게 하시겠어요?"

"책상 위 같은 곳에 대강 둘 거예요. 지우개를 올려놓거나 펜을 올려놓거나 하면서요. 담뱃재를 털어도 되고요."

말하자면, 보이는 곳에 무심하게 두는 거죠. 그는 입에 물고 있던 담배로 재를 터는 시늉을 하면서 싱긋 웃었다.

무슨 말을 하고 싶은 건지 잘 알겠다. 아무리 마음에 드는 접시라고 해도 애초에 접시 아닌가. 그렇다면 그것과 어울리는 방식이란 게 있을 것이다. 그림이나 사진은 세우지 않으면 볼 수 없지만, 접시를 일부러 받침대까지 구해서 세워 놓으면 접시가 아닌 예술작품으로 바뀐다. 이 접시가 예술품이라서 가슴 떨리는 게 아니라 이토록 아름답기 때문에 가슴이 두근거리는 것이다. 그렇지 않은가? 물건에게는 그와 어울리는 '사랑법'의 균형이라는 게 있다.

뭐, 이러한 내용에는 나 또한 동의한다. 그렇기 때문에, 아무 말 없이 끄덕이며 때때로 커피를 홀짝였다. 그저 태풍이 잦아들기를 기다렸다. 하지만 우리 집 세면대에도 접시가 한 장 세워져 있답니다.

어려운 문제다. 음식을 담기보다, 혹은 펜이나 메모지나 문방구를 얹어 무심하게 두기보다는 그저 그 근방에 우두커니 세워 놓는 게 자연스러운 접시란 것도 때때로 존재하기 때문이다. 아, 어쩌면 이건 '접시의 모습을 한 장식품'이라고 볼 수 있을 것이다. 오히려 그런 접시는 당당히 세워서 마음껏 존재감을 드러내라고 했으면 좋겠다.

말은 이렇게 하지만, 세워 놓는다고 해도 그 모습이 또 중요하다. 중후한 민예풍 나무 받침대는 사양하겠다. 접시를 예술품으로 여기고 애지중지하는 자세가 너무 노골적으로 드러나기 때문이다. 백화점 화구畫具 코너에서 파는 검은 목제 받침대도 가당치 않다. 이건 받친 자세가 어중간해서 세워 둔 접시가 오히려 조금 지저분해 보인다. 아아, 봤을 때 접시 받침대처럼 보이지 않으면서 접시를 '세울 수 있는 도구' 어디 없을까.

그렇게 찾아다닌 지 몇 해가 지났을 무렵, 어느 금속작가가 만든 '접시 받침대'를 발견했다. 접시를 놓지 않고 그냥 둬도 멍청해 보이지 않는 물건을 만든 거라고 한다. 가느다란 금속 한 줄을 구부려 만든 작은 받침대도 발견했다. 고물상을 하는 분이 기성 받침대가 마음에 들지 않아 스스로 만든 것이다.

접시를 받들어 모시는 느낌이 눈곱만큼도 들지 않는 이 받침대들이 마음에 들지만, 그럼에도 '더 무심하게 놓여 있는 느낌'의 받침대가 어디 없을까 계속 탐색하는 중이다.

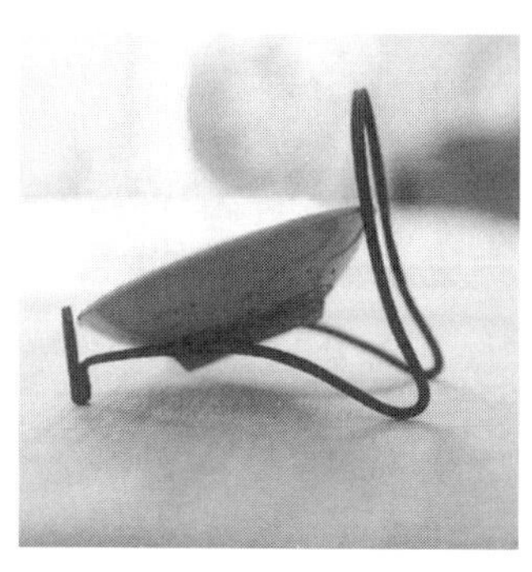

미학은 제쳐 두고

마메자라 상자

앞으로 단 하나의 그릇만 가질 수 있다면, 무엇을 고르시겠습니까.

나라면 발우를 고를 것이다. 선승이 수행 중 사용하던 이 그릇은 작은 것부터 크기순으로 포갤 수 있고, 모든 그릇이 가장 큰 그릇 하나에 쏙 들어간다. 밥, 국, 조림, 무침을 크기에 따라 각각에 담아서 먹고, 식사를 끝내면 다시 다 포개서 이전 모양대로 보관한다. 이것이 바로 일본 궁극의 그릇이다.

살림 선배들은 나이가 들면 부엌살림과 그릇들을 조금씩 정리하고 싶어질 거라고 말한다. 정말 그렇다. 꼭 필요한 물건만 수중에 두고 홀가분하게 생활하는 것은 어쩌면 이 세상에서 영영 사라질 날을 대비하는 가장 온화하고 느린 연습일 것이다. 속박이나 욕망, 의리에 얽매여 '작별'을 고하기보다는 훌쩍 떠나고 싶다. 과연 미학적이군.

23 avr. 11
galerie du jour agnès b

한편, 미학적으로 훌쩍 떠나기 위해 발우를 골라야 하다니, 순간 멈칫했다. 마메자라와 작은 접시들은 어쩌지. 그럼 앞으로는 손바닥 안에 쏙 들어가는 마메자라의 귀여움과 사랑스러움을 모르는 척해야 한다는 건가?

화조풍월, 산수, 눈, 얼음, 기하학적 무늬, 인물, 풍속……. 불과 세 치도 안 되는 이 작은 세계에 그려진 다채로운 무늬가 바로 마메자라의 멋이다. 아무리 보고 또 봐도, 어머, 이런 것도 있었네! 하는 무늬가 또 나온다. 그래서 충동구매 하는 재미가 쏠쏠하다. 내 지인 중 골동품 사는 건 끊어도 마메자라 사는 것만은 포기 못 한다는 사람이 있다. 이 또한 현명하지 않은가. 한 장, 또 한 장 모으는 마메자라의 매력은 굳이 수집가가 아니더라도 충분히 사람을 끌어당긴다. 숙달된 골동품 애호가까지도 고민하게 만드는 매력.

그런데, 늘 궁금한 게 있다. 마메자라 애호가들은 그릇을 어떻게 보관하고 있을까. 아무리 많이 모아도 자리를 차지하지 않는다는 것이 마메자라의 미덕이다. 하지만 눈에 띄는 곳, 바로 꺼낼 수 있는 장소에 두었을 때, 마메자라는 그 존재 의미를 갖는다. 사용하지 않는 마메자라는 방치된 장난감처럼 가엾다.

그래서 마메자라 상자를 찾고 있었다. 타협할 수 없는 최소한의 조건은 세 가지. 접시를 다섯 장 포갠 높이보다 높을 것. 뚜껑을 열면 속이 일목요연하게 보일 정도로 넓이가 넓을 것. 마메자라를 안전하게 보관할 수 있을 정도로 안정감이 있을 것. 그러나 간단할 줄 알았던 이 조건을 만족시키는 물건이 전혀 눈에 띄지 않는다.

2년이 지나고 4년이 지났다. 적당한 물건을 찾기 시작한 지 적어도 5년이 지났을 무렵, 베트남 하노이에 갔을 때 무심코 들어간 골목길 잡화점 선반에서 드디어 이상적인 마메자라 상자와 조우했다.

깊이 12센티미터, 합격! 뚜껑을 열었더니 30센티미터 둘레가 훤히 보인다, 합격! 찬합처럼 튼튼하고 안정감이 있다, 합격! 게다가 촉촉한 은색으로 마무리되어 섬세한 감정이 느껴진다. 내부는 하노이 특유의 매끄러운 옻칠로 돼 있다. 처음 본 순간, 그 자리에서 바로 결정했다. 1초도 망설이지 않은 건 몇 년이나 찾아 헤맸기 때문이리라. 아, 드디어 불쌍한 우리 집 마메자라들이 마음껏 날개를 펼칠 수 있겠어. 드디어 당당히 햇빛을 볼 수 있게 됐어. 이만큼 축하할 일이 또 있을까.

그래서 더더욱 생각한다. 이 마메자라를, 이 마메자라 상자를 절대로 버리지 않겠다고.

햇병아리 차통

양철 차통

여행의 즐거움 중 하나는 그 고장의 차를 사서 돌아오는 것이다. 외국 여행을 가면 더욱 그렇다. 하노이 여행을 갔을 때, 이제껏 들어본 적 없는 고급 차를 알게 되었다. 찻집 할머니가 내주신 그 차는 동그란 열매를 말린 것으로, 차의 떫은맛이 매우 깔끔하고 가벼웠다. 내가 감탄을 하니 모퉁이 가게에서 판다며 사다 주겠다고 했다. 그렇게 부탁드려서 손에 넣은 그 열매는 지금도 마치 보물처럼 아껴서 마시고 있다.

이렇게 여행을 자주 다니는 나는, 다 쓰기 전에 사고, 아직 몇 종류나 남아 있는데도 더 사서 채우고 해서 찻잎이 떨어진 적이 없다. 쫓기듯 찻잎을 사 모은다고 하는 편이 나을 것이다.

하지만 그게 오히려 더 좋은 상황을 불러오는 경우도 있다. 차를 마시면 마실수록, 찻잎에 손을 뻗으면 뻗을수

록 상태가 더 좋아지는 물건 말이다.

차 좋아하는 사람이라면 대충 짐작이 가시죠? 바로 양철 차통입니다.

이 양철 차통은 교토 어느 노포에서 구한 것이다. 얼마나 잘 만들었는지, 한 번만 열어 봐도 바로 알 수 있다. 뚜껑을 위로 당기면 다섯 개의 손가락 사이로 은근한 공기의 저항이 느껴진다. 그것도 매우 균등하게. 본체와 뚜껑 사이의 아주 미세한, 바늘 끝이 들어갈 정도의 틈이 균등하게 생기는 것이다. 그렇다면, 이번에는 닫아 보자. 뚜껑을 아래로 누르면 안에 있던 공기가 스르르 빠져나오는데, 이 또한 세밀한 저항감을 동반하며 밖으로 밀려 나오는 것이 손끝에서 느껴진다. 그리고 뚜껑과 본체가 맞닿으면, 조금도 어그러지지 않고 꼭 닫힌다. 물론, 이 정교함은 사용하기 편하다는 장점으로 직결된다. 아주 적게 남은 공기가 열고 닫는 것을 용이하게도 해 주지만, 한편으로는 바깥 공기를 완벽히 차단해 주기 때문에 찻잎에 습기가 차는 일이 전혀 없다.

이 정도로 훌륭한 차통이지만, 솔직히 말해서 우리 집 것은 아직 햇병아리나 마찬가지다. 사용한 지 불과 몇 년. 매일 써도 아직 양철 빛깔 그대로다. 언젠가 반세기 동안 사용한 똑같은 차통을 본 일이 있는데, 깊고도 부드러운 흑갈색으로 변해 있었고 손에 쥐면 촉감이 부드러웠다. 그야말로 세월이 키운 예술품 그 자체였다.

아침저녁으로 사용하면 엷은 먹색이 든다고 한다. 그러고 보니 우리 집 차통도 자세히 들여다보면 그 조짐을 어렴풋이 확인할 수 있다. 기쁘다. 매일 정진했다는 걸 칭찬받는 것 같아서. 하지만 마실 차가 너무 많아서 기껏해야 하루에 한 번 어루만져 준다. 그 점이 속상하기도 하다.

장미 이야기

무의식중에 투덜대는 공처가의 교훈에서는 꽤나 깊은 맛이 난다.

6월 중순의 어느 주말, 비 내리는 날이었다.

"우리 정원에는 아내가 정성 들여 키우는 장미가 있어요. 올해 별 탈 없이 아주 아름답게 피었더라고요. 아, 우리 아내는 요 몇 년 동안 장미만 키웠어요. 제가 일하느라 너무 바빠서, 대화라고는 '잘 잤어?'와 '잘 자'가 고작이었죠."

젊었을 때 경마, 경륜, 마작, 도박으로 거액을 탕진하면서 말로 다 못 할 고생을 시켰다. 떳떳하지 못하다는 생각 때문인지, 결혼 30년을 족히 넘겼는데도 여전히 아내 앞에서 고개를 들지 못한다. 그런 까닭에 아내의 안색에 굉장히 민감하다. 자신이 부부간의 속사정을 훤히 꿰뚫고 있다며, 자칭 '부부 문제 전문가'라고 자부하신다.

"오늘 아침 문득 창밖을 보고 깜짝 놀랐습니다. 울타리 구석에 장미꽃 한 송이가 뒤늦게 피어 있지 뭐예요. 마침 잘됐다 싶었죠."

이 기회를 최대한 잘 써먹어야겠다는 생각에, 그는 조용히 호흡을 가다듬었다.

"굳은 표정으로 아침방송을 보는 아내 쪽으로 천천히 고개를 돌리며 말했습니다. '여보, 잠깐 와 봐요.' 마지못해 소파에서 일어난 아내에게 창밖을 바라보며 조용히 말했죠. '저기 좀 봐. 저 장미, 드디어 피었네. 예쁘다, 정말 예뻐.'"

'드디어'이라는 대목에 만감을 담아 말했다고 한다. 이래봬도 당신이 소중해하는 그 장미한테 늘 마음 쓰고 있었다고.

"이야, 아내 얼굴이 어찌나 기뻐 보이던지. 그렇게 다정하게 웃는 얼굴을 참 오랜만에 봤어요. 좋아, 이걸로 반년은 오케이라고 속으로 쾌재를 다 불렀다니까요."

부부 사이는 매우 심원하다. 그날 저녁, 집에 돌아가 같이 사는 사람에게 얼른 이 이야기를 해 주고 싶었는데, 그것도 어쩐지 내 욕심이라는 생각에 부아가 치밀어서 꾹 참았다. 그도 그럴 것이, 이 양반은 어떤 의심도 놀람도 감동도 없이, 태연하게 오늘 처음 개시한 마쓰바 꼬치松葉串로 랏교를 씹어 먹고 있는 것 아닌가. 뭐, 아무래도 상관없지만.

랏교나 올리브처럼 동그랗고 탱탱한 음식은 이쑤시개나 데코픽으로 찍기 힘들다. 미끌미끌 도망가기 때문이다. 하지만, 마쓰바 꼬치는 끝이 두 개로 쪼개어져 있어서 음식을 고정시키기 편하다. 그저께 백화점 잡화 판매장에서 발견하고 '와! 괜찮은 물건 찾았네!'라며 신이 났던 이유다.

"여보, 그거 정말 쓰기 편하지?"

앗, 어미가 올라갔잖아.

"이번에 처음 사 봤는데. 어때, 괜찮아?"

제발 나 좀 말려 줘.

"여기 봐. 몰랐구나? 끝 부분이 두 개로 쪼개져 있잖아. 이름이 뭔지 알아? 마쓰바 꼬치라고 하는 거야."

"그게 뭐야?"라고 단 한마디만 해도 오늘 밤 당신의 운명은 꺼지지 않을 거야. 나는 신을 설득하면서 동의를 구한다. 그래, 조금 구차하지만, 서로의 행복을 위해 '장미 이야기'를 들려주는 편이 좋겠어.

추운 겨울날은

손화로

그 목조 이층집은 여전히 같은 자리에 있을까. 내가 태어난 집. 초등학교 들어가기 전 할아버지 할머니와 5년 동안 함께 살았던 집. 우리가 새로 지은 집으로 이사를 가고, 할머니 할아버지가 돌아가시면서 30년이 넘게 찾아가 본 적도, 지나쳐 본 적도 없는 우리 집.

내 마음속 아주 깊은 곳, 누에고치 안에 잠들어 있는 기억이 있다. 그 기억을 조심스럽게 꺼내 모양이 드러나도록 붓끝으로 천천히 털어 낸다. 그러면 모든 기억 속에서 할아버지 할머니가 살던 그 집 풍경이 떠오른다. 그림책을 읽던 다다미 여섯 장짜리 방. 흙장난을 하던 토방. 북쪽 변소 옆에 심어져 있던 팔손이나무. "요코 짱, 안녕." 밀키가 그려진 빨간 상자를 들고 웃으며 인사를 건네던 외할머니. 그리고 할머니가 앉아 계시던 현관 귀틀. 추운 겨울날, 나와 여동생이 무릎걸음으로 다가가 볼을

"

맞대고 양손을 쬐던 거실 구석의 손화로.

난로 같은 건 전혀 없었다. 고타쓰炬燵 옆에 놓인 화로가 난방 기구의 전부였다. 그래서 불 옆을 조금이라도 벗어나면 문틈으로 스며드는 겨울 냉기가 서늘하니 온몸을 감쌌고, 이내 몸이 부들부들 떨렸다.

1960년대 일본의 겨울은 정말 추웠다.

손화로에는 절반 높이까지 재가 들어 있었다. 그 위에 빨갛게 오른 숯을 얹었다. 숯을 막 피운 오전에는 손화로에 손바닥을 갖다 대도 도기 표면이 만질만질 차갑기만 했다. 하지만 점심이 지나고 오후가 되면, 손화로 표면이 숯의 열기로 데워져서 옆에 가까이 가기만 해도 따뜻한 공기가 확 끼쳤다. 심심해지면 이따금 몰래 부지깽이로 숯을 쿡쿡 찌른다. 그러면 이내 탁탁 소리를 내며 작은 불씨가 올라와 깜짝 놀랐다. "그러다 불나겠어. 그만해!" 뜨개질하느라 바쁜 줄 알았던 엄마는 내가 장난치는 순간만은 절대로 놓치지 않았다.

손화로는 난로가 유행하면서 어느새 자취를 감췄다. 나 또한 손화로라는 게 있었는지조차 까맣게 잊고 있었다. 그런데, 중고잡화점에서 이 하얀 손화로를 발견하자마자 기억 너머에 있던 여러 가지 정경의 단편이 가득 떠올랐다.

가끔 방구석에 놓고 숯을 피운다. 손화로 위에 석쇠를 얹어 떡을 굽기도 한다. 처음에는 꿈쩍도 안 하던 떡이 어느 순간 잠에서 깨어난 듯 펑하고 부풀어 오른다. 그 모습을 바라보고 있으면, 떡을 구워서 설탕 간장에 찍어 쥐어 주셨던 그리운 할머니의 옆모습이 생생하게 떠오른다. 겨울 오후의 훌륭한 간식을 만들어 준 우리 할머니는 언제나 하얀 앞치마를 입고 계셨다.

2월의 따뜻한 양지에 자리를 잡고 내게 다가온 고양이와 함께 손화로 옆에 앉아 초겨울 찬바람에 흔들리는 정원의 나무를 한동안 바라본다.

앞으로 이틀 남은 생명

작고 네모난 백자

오늘 아침 두부 된장국을 식탁으로 옮기다가 작은 서랍장 위를 보았더니 동그란 분홍색 히아신스 꽃잎에 그늘이 생겨 있었다. 바로 어제까지만 해도 그렇게 윤기가 나더니. 된장국을 옮기던 쟁반을 그대로 들고 어디 보자며 자세히 들여다본다.

주름이다. 꽃잎에 주름이 서너 가닥 가 있다. 줄기와 가까운 부분부터 수분을 잃어 가는 중이고, 어렴풋이 쭈글쭈글 오그라들어 있다. 자세히 들여다봤더니 바로 옆에 있는 꽃도 그 옆의 꽃도 희미한 그늘이 드리워져 있다. 그래, 꽃은 지 벌써 닷새나 지났잖아. 이제 슬슬 때가 됐어.

좋아. 나는 가위를 쥔다. 꽃봉오리 바로 아래에 싹둑싹둑 가위질을 한다. 작고 네모난 백자에 물을 채우고 거기에 꽃만 내리 꽂기 시작한다. 내일 아침이 되면 주름의

그늘이 더 깊어지리라는 걸 알면서도, 되도록 그 모습을 늦게 보고 싶어서 두꺼운 줄기에 빼곡히 붙어 있는 꽃을 싹둑, 싹둑. 아직 윤기가 남아 있는 꽃에도 큰맘 먹고 가위질을 해 물 위에 놓는다. 이렇게 해서 네모난 백자 안이 마치 꽃 도감처럼 사랑스러워졌다.

꽃이 마르기 시작했다는 걸 깨달으면 언제나 꽃에 가위질을 한다. 그런 다음, 꽃만 모아서 다시 꽂아 둔다. 그리고 그 백자를 테이블 가운데나 현관 의자 위, 아니면 세면대 옆에 놓는다.

그러면 어떻게 될까. 꽃이 이제껏 보여 준 적 없었던 표정을 짓는다. 바로 위에서 들여다보면 그곳에 알지 못했던 표정이 있다. 게다가, 생기를 잃어 가는 꽃에게서는 뭐랄까, 이렇다 할 이유 없이 무상한 마음이 감돌기 시작한다.

마르기 시작하면서 스스로 제 종말을 알리는 꽃도 그렇다. 그 꽃에게서는 다시 자연으로 돌아간다는 섭리를 살고자 하는 의지가 보인다. 그 모습이 아름답다. 그렇다면, 그걸 끝까지 지켜보려고 하는 내 시선은 자비로운 걸까, 잔혹한 걸까.

꽃이란 이 얼마나 즐길 가치가 있는 것인가. 피기 시작한 꽃, 흐드러지게 핀 꽃, 생기를 잃기 시작해 앞으로 이틀의 생명을 가진 꽃도……

혼자 있고 싶을 때는

양초

"나는 타인에게서 멀어져 혼자 있고 싶다는 기분이 자주 들었고, 그 즈음부터 책상 아래든 찬장 안이든 장소를 가리지 않고 숨었다. 그런 곳에 숨어 이런저런 생각을 하는 동안, 말로 다 하지 못할 안온과 만족을 느꼈다."

언제부터인가 수없이 되풀이해 읽고 있는 나카 간스케 中勘助의 《은수저銀の匙》에 나오는 한 구절이다. 그리고 소년은 북향인 제 방 창문과 서랍 사이에 몸을 웅크리고 들어가 연필로 히라가나 '을'를 잇따라 쓴다.

어린 시절, 혼자 있고 싶을 때 내가 숨는 곳은 옷장에 넣어 둔 이불 속이었다. 폭신폭신 부드러운 면에 몸을 깊숙이 파묻으면, 아무도 모르는 나만의 세계를 손에 넣을 수 있었다. 그리고 옷장 장지문이 맞닿은 좁은 틈 너머에서 한 줄기 빛이 내리비치면, 그 눈부심에 미약한 안도를 느꼈다.

어른이 되고 나서 혼자 있고 싶을 때는 해 질 녘에 집에 돌아간다. 그리고 조용히 가라앉은 방 안에서 양초 몇 개에 불을 붙인다. 주위에서 떠돌던 황혼에 조금씩 먹색이 드리워지고, 머지않아 짙은 칠흑 같은 어둠이 푹 내려 앉으면, 양초의 불은 천천히 그리고 또 천천히 윤곽을 드러낸다. 짙은 어둠에 감응하며 흔들리는 등불은 점차 귤색, 검붉은 색, 주홍색 등 다양한 색조를 띠며 주변을 비춘다.

촛불이 점차 제 몸 안으로 타들어 가며 가슴을 채운다. 어둠 속 불빛을 바라보면서, 나는 아무런 생각도 하지 않고 그 무엇도 마음속에 떠올리지 않는다.

그렇게 혼자만의 시간이 가진 농밀함을 곱씹는다.

어둠 속 온화한 불빛의 힘을 알게 된 건 정전이 된 날 밤이었다. 어린 시절, 특히 태풍이 불 때면 우리는 정전의 괴로움과 몇 번이고 조우했는데, 이는 바로 직전까지 보던 〈명견 래시名犬ラッシー〉의 결말을 알 수 없게 된 것 이상으로 두근두근 가슴 떨리는 큰 사건이었다. 허둥지둥했지만, 엄마는 익숙한 동작으로 옛날 양초를 켜서 거실 한가운데에 두었다. 촛불이 흔들렸고 밥상 주변을 둘러싼 가족의 얼굴이 따뜻한 오렌지색으로 물들었다. 설령 싸우던 순간이었다고 해도 어느새 나와 내 동생은 나란히 앉아 손을 잡고 있었다.

보통 수십 분이 지나면 갑자기 깜박하고 전기가 들어

왔지만, 한편으로는 그렇게 흥이 깨지는 순간도 없었다. 특별한 정전의 밤은 너무나도 허무하게 늘 있는 평범한 밤으로 돌아왔다. 그 낙차에 머쓱해졌고, 뭘 원망해야 할지 모르겠지만, 하여튼 뭔가를 원망하고 싶은 기분이 들었다. 어느 것과도 바꿀 수 없는 안녕이 무참히 날아가 버린 셈이니까.

그런 기억의 단편들도 양초의 불빛 안에 봉인된 셈이다. 나는 그걸 보물처럼 꺼냈다가 다시 넣어 두었다가 한다. 그러면 혼자만의 시간과 아무리 장난을 쳐도 질리지 않는다.

내 부엌 가진 사람치고 살림 욕심 없는 사람이 있을까. 인간의 가장 기본적인 생활을 지탱해 주는 곳. 그곳을 어떻게 꾸리는지에 따라 삶의 질이 좌우된다는 것을, 부엌에 서 본 사람이라면 누구나 알고 있을 것이다. 그리고 그걸 알기 때문에 우리는 늘 더 나은 도구, 더 예쁜 소품을 갈망한다.

히라마쓰 요코도 살림 욕심 하나만은 대단한 사람인가 보다. 마룻바닥이 주저앉을 걸 걱정할 정도로 냄비가 쌓여 있어도 필요한 냄비는 꼭 사야 하고, 마음에 드는 접시가 멀리 있으면 비행기를 타고 가서라도 구해 와야 성이 풀린다. 원하는 물건이 생기면 손에 쥘 때까지 머릿속에서 떠나지 않는다고 하니, 이쯤 되면 그녀에게 물욕은 천성이 아닌가 싶다.

그런 히라마쓰 요코의 부엌은 마치 보물섬 같다. 베트남과 중국에서 들여온 그릇은 물론이고, 일본 사람이 얼마나 자주 쓸까 싶은 스테인리스 김치통과 돌솥, 인도네시아에서 구해 온 향신료 상자에 이르기까지 전 세계에서 온 온갖 물건들로 시끌벅적하다. 과연 수십 년 동안 아시아 각국의 부엌과 음식을 탐구해 온 작가다운 살림 스펙트럼이다.

그렇게 자리한 그녀의 살림살이는 마치 발견되기를 기다리는 보물들처럼 저마다 그들만의 이야기를 품고 있다. 이 책에 펼쳐진 그녀의 살림 이야기는 그 보물들을 탐험하는 지도라고 해도 좋을 정도로 흥미진진하다.

국적도 제각각, 쓰임도 제각각이지만 사실 그녀의 살림 중 겉도는 물건은 없다. 녹슨 수도관이나 흔한 소라껍데기처럼 아무리 생경한 소재일지라도, 히라마쓰 요코는 그것에 상상력과 이야기를 부여해 자신에게 꼭 맞는 소품으로 재탄생시킨다. 그리고 그렇게 안착한 살림들은 오랫동안 그녀의 손길이 들면서 더 빛나는 소품으로 오랜 시간 제 역할을 다하게 된다.

아무리 물건 욕심 많은 그녀라지만, 늘 사들이기만 하는 건 아니다. 현대인의 필수품 전자레인지를 과감히 버리고, 전기 주전자 대신 관리가 번거로운 무쇠 주전자를 들여 그때그때 물을 끓이기도 한다. 편리함을 포기하고 느리게 가기를 선언한 이유는 순전히 그녀가 추구해 온 '맛' 때문이다. 자신이 그리는 맛과 생활에 다가가기 위해서. 그런 면에서 그녀의 '물건 욕심'은 자신이 추구하는 맛을 찾기 위한 고집스런 여정 그 자체가 아닐까.

그 여정의 결실이라 할 수 있는 이 책을 통해 독자분들도 나만의 '맛'을 찾기를 바란다.

2018년 11월 조찬희

옮긴이 · 조찬희

고려대학교 대학원 중일어문학과에서 일본문학을 전공했다. 졸업 후 일본 도서를 한국에 소개하는 일을 했고, 현재는 일본어 전문번역가로 활동하고 있다. 옮긴 책으로 《인생은 설렁설렁》《여자는 허벅지》《주부의 휴가》《저도 중년은 처음입니다》《어른의 맛》《침대의 목적》《아내와 함께한 마지막 열흘》《사실은 외로워서 그랬던 거야》 등이 있다.

나의 부엌

초판 1쇄 발행 2018년 11월 9일
개정판 1쇄 발행 2026년 2월 27일

지은이 히라마쓰 요코
옮긴이 조찬희
책임편집 서슬기
디자인 주수현

펴낸곳 (주)바다출판사
주소 서울시 서대문구 신촌로3길 15 6층
전화 02-322-3675(편집) 02-322-3575(마케팅)
팩스 02-322-3858
이메일 badabooks@daum.net
홈페이지 www.badabooks.co.kr

ISBN 979-11-6689-398-8 03830